L'ALLEMAND QUI AURAIT VOULU ETRE FRANCAIS

Gilbert Trichet

Toute ressemblance avec des personnes actuelles ou ayant existé serait carrément fortuite.

Ce roman est néanmoins inspiré d'une histoire vraie.

Du même auteur sur Amazon livres :

L'ILLUSION D'UN REVE (Roman)
CONFIDENCES ET CONFESSIONS D'UNE FEMME (Roman)
MON MOIS DE MAI 68 (Roman)
« Mon mois de mai 68 » a été traduit en Anglais par Elizabeth Workman sous le titre : MY STORY OF MAY 68.
CRIME SANS CHATIMENT (Roman)
PRISONNIER (Roman)
LES ETRANGES CRIMES DU PLATEAU DE LA VIADENE (Roman)
LA DROLE DE VIE D'ANDRE RIGAL, DIT « DEDE » (Roman)
LA VIE CACHEE DE « Dédé » (Roman)
L'APPRENTISSAGE DE STEVE (Roman)
L'ALLEMAND QUI AURAIT VOULU ETRE FRANÇAIS (Roman)
UNE HISTOIRE D'AMOUR ET D'AMITIE. SOUVENIRS D'ALGERIE. (Roman)

COMMENT RESTER EN BONNE SANTE (Précis de médecine préventive)
COMMENT BIEN S'ALIMENTER (Précis de diététique)

POEMES ET CHANSONS Tome 1

POEMES ET CHANSONS Tome 2

POEMES ET CHANSONS Tome 3

Retrouvez les chansons de l'auteur sur les plateformes musicales : YOUTUBE, AMAZON MUSIC, APPLE MUSIC, SPOTIFY, DEEZER, PANDORA etc.

A Françoise Lemret

Liberté,

Moi, je crois que tu es la seule vérité
La noblesse de notre humanité
Je comprends qu'on meure pour te défendre
Que l'on passe sa vie à t'attendre
…
Les chansons de l'espoir ont ton nom et ta voix
Le chemin de l'histoire nous conduira vers toi

Liberté, Liberté

Paroles de Pierre Delanoé
Chantées par Nana Mouskouri.

Le bonheur est un travail (Patrick Pelloux)

1

Depuis son arrivée en France en 1933, Hans DARMITT n'avait jamais pris part aux fêtes du quatorze juillet, par volonté de discrétion ou par timidité… Le quatorze juillet 1936 était différent. Après les grandes grèves et la victoire de la classe ouvrière, il ne voyait plus cette fête comme une fête patriotarde ! Il en concevait maintenant toute sa signification historique et universelle : c'était la fête des Droits de l'Homme et de la Liberté !

Et, puis il fallait aussi qu'il s'ouvre aux autres, qu'il sorte de son statut d'Allemand, « de boche » comme il entendait quelquefois le dire à voix basse dans son dos à l'usine… Il fallait qu'il s'intègre enfin à ce formidable pays qui lui avait sauvé la vie, l'avait accueilli en lui accordant le statut de « réfugié politique ».

Déjà, il s'était remis du deuil des siens, de ses amis, de sa famille de tout… en fuyant l'Allemagne. Pas complètement… pour sûr ! Se remet-on jamais vraiment d'une telle perte, d'un tel manque ? Qu'étaient devenus les siens ? Ses vieux parents, sa bien-aimée, ses oncles et tantes, ses cousins et tous les camarades de l'usine, les syndicalistes, tous ces hommes et ces femmes engagés dans la défense des droits des travailleurs et la conquête de leur reconnaissance, de leur respect… Etaient-ils déportés dans un camp de travail comme une rumeur l'avait colporté ? Etaient-ils morts, assassinés par les terribles Sections d'Assaut (S.A) et autres S.S ?

Il avait maintenant envie d'oublier jusqu'à ses origines pour survivre, avoir le droit à une vie normale, et avancer ! Il n'avait pas encore trente ans… Etait-ce possible d'oublier ses origines ? Quand il fermait les yeux le soir, avant de s'endormir, ce passé atroce revenait au galop dans ses pensées… Quelques semaines seulement après l'installation d'Hitler à la chancellerie (trente janvier 1933) le Reichstag était incendié (vingt-sept février 1933.) Les nazis profitèrent de cet évènement pour accuser les rouges, les communistes. Ils interdirent la presse marxiste, procédèrent à des milliers d'arrestations, déportations et assassinats.

Hans ne voulait plus y penser... Les démocrates avaient été vaincus. Ils n'avaient pas pu barrer la route de l'accession au pouvoir de la peste brune. Il avait eu la chance de sauver sa peau… Dans ce contexte, ce n'était déjà pas si mal ! Alors, il devait oublier ; il se forgerait maintenant un avenir dans cette France d'adoption ! Demain, il participera aux fêtes du Quatorze Juillet, lui l'Allemand, désormais apatride, en France… Il tournera la page de cette Allemagne qui distillait la haine, égorgeait, fusillait, emprisonnait ceux qui s'opposaient aux théories nationales-socialistes… Il essaierait enfin de se mêler à la foule, de participer à la joie. Il dansera pour la première fois au bal populaire du quatorze juillet… Comme un Français, avec les Français !

2

Depuis son arrivée récente à Sainte Geneviève, il prenait pension chez une veuve de guerre, madame Honney. Son mari un colonel d'artillerie avait été tué sur le front à Verdun en 1917. Elle vivait de sa confortable pension dans une vaste maison de brique rouge au fond d'une cour, située sur la route nationale.

L'entretien de cette grande maison, de son jardin lui pesait, la solitude aussi. Elle mit une annonce chez le boulanger du village. Hans, parti de Paris en empruntant le car Citroën, s'arrêta par hasard dans ce village pour acheter du pain. Il lut cette petite annonce et se dit : « Après tout ! Pourquoi pas ? »

Il prit l'adresse et sans plus attendre, se présenta. Quand il sonna, une grande dame brune, très digne, avec les cheveux relevés en chignon qui finissaient de lui donner un air distingué, alerte et souriante, l'accueillit :

- Je cherche une chambre pour me loger, dit-il tout simplement avec son accent germanique qu'il essayait d'atténuer le plus possible…

Elle le toisa… Hans, âgé de vingt-neuf ans, était un beau jeune homme, grand, svelte aux yeux bleus et aux cheveux blonds. Il portait un costume sport, clair et décontracté. Son allure plût à cette veuve qui cherchait une présence honnête et pas trop encombrante pour partager une solitude devenue pesante après une vingtaine d'années de veuvage.

De son côté, la propreté de cette femme, sa netteté et son élégance satisfaisaient Hans. La maison était claire et rangée. La chambre proposée, située au rez-de-chaussée dans une aile, le surprit par sa grandeur et son calme. Elle possédait un cabinet de toilette et une entrée indépendante donnant sur une petite rue à l'arrière. Les conditions étaient des plus honnêtes. La demande de cette dame pour l'aider à entretenir ce vaste jardin n'était pas pour lui déplaire, car il avait été initié au jardinage dans son enfance par son père. Hans décida immédiatement de s'arrêter ici.

Son accent germanique martelant fortement les consonnes, intrigua madame Honney. Fort de son expérience quand il était ouvrier à l'usine Citroën du Quai Javel à Paris où on le traitait souvent de « boche », ayant renoncé à raconter son histoire qu'il estimait bien trop longue, il se décida de lui dire :

- Je suis Alsacien… de Strasbourg !

Madame Honney hocha la tête avec le sourire en signe d'acquiescement… Elle avait une estime particulière pour les Alsaciens ! Leurs rattachements à la mère Patrie avaient couté si cher !

Cependant, Hans avait le mensonge en horreur ! Son éducation dans un collège luthérien de Lübeck, était toujours là accrochée à ses basques : La droiture et l'honnêteté ! Ce n'était qu'un mensonge de circonstance parce qu'il pensa, à juste titre, que la veuve d'un colonel français tué à Verdun par les Allemands – le militarisme allemand, pensa-t-il – ne consentirait jamais à héberger un descendant de ce qui était encore, à l'époque, l'ennemi héréditaire dans la mentalité de bien des Français !

Il s'installa sans plus tarder chez cette veuve et dès le lendemain il décida de visiter les différentes usines de ce bourg afin de trouver un emploi.

Il se dirigea vers l'usine Magnien. Elle produisait des thermomètres de toutes catégories (médicaux et autres). Quand le patron vit l'allure saine de Hans, il sut qu'il détenait là un bon élément.

- Allons droit au but ! dit sans ambages celui-ci. D'où venez-vous et quelles sont vos capacités ?

Hans bomba fièrement le torse, et annonça d'emblée :

- Je suis d'origine alsacienne. Je travaillais à Paris chez Citroën comme technicien. J'ai envie de changer d'air… La vie parisienne m'étouffe et un emploi d'ouvrier dans votre établissement me conviendrait.

Monsieur Magnien avait besoin d'un homme clairvoyant pour veiller à l'entretien du matériel, pour réparer les nouvelles machines dont il craignait la complexité. Cet « Alsacien » semblait être une providence pour son entreprise.

Il dit de son air le plus accueillant du monde :

- J'aime beaucoup les Alsaciens qui sont des gens droits, respectueux et travailleurs… De plus, j'ai besoin d'un homme qui maîtrise bien la mécanique et les nouvelles techniques ! Quand voulez-vous commencer ?

- Demain !

C'est ainsi que Hans Darmitt s'installa dans ce village. Il pensait que ce n'était qu'une étape sur son chemin d'apatride…

3

Dès le début, les relations de Hans et de sa logeuse furent des plus cordiales. Madame Honney qui n'avait pas eu d'enfant, était très maternelle avec Hans. Elle ne pouvait pas s'empêcher d'être aux petits soins avec lui. Pourtant celui-ci avait vingt-neuf ans tandis qu'elle en avait quarante-cinq. Cet écart n'était pas suffisant pour faire une mère et un fils.

De son côté, Hans se faisait un devoir de lui rendre service. Il balayait la cour, arrachait les mauvaises herbes du jardin, transportait les courses les plus lourdes. Il aimait cette femme qui ne manquait pas de charmes, dont l'élégance était naturelle, et qui s'efforçait d'être toujours bien habillée et pomponnée.

Elle lui rappelait les amies de sa mère qui venaient prendre le thé le jeudi après-midi. C'était l'époque heureuse de l'Allemagne, avant la guerre de 1914. Elles étaient bien habillées, portaient un chapeau et des chaussures à la mode. Très polies, elles ne manquaient jamais de lui caresser les cheveux ou la joue, de lui dire un mot gentil. C'était sa tendre enfance, entre quatre et sept ans dont il se rappelait avec nostalgie. Elles lui apportaient des friandises et le thé était toujours agrémenté de petits fours.

Madame Honney avait ce style très distingué, un calme, une politesse, une distance qui lui plaisait. Elle possédait surtout le respect de l'autre et ceci finissait de la rendre respectable…

Un matin, il n'entendit pas son réveil sonner… Madame Honney confectionnait leurs petits déjeuners dans la cuisine. Elle vit le temps passer et s'inquiéta : « Hans ne serait-il pas malade ? » se dit-elle d'un seul coup. Elle courut jusque sa chambre et frappa à sa porte :

- Hans ! Que se passe-t-il ? Ne seriez-vous pas malade ?

Et elle entra…

- Non ! Je dormais… Je n'ai pas entendu mon réveil sonner !

Elle se précipita pour ouvrir les rideaux.

Hans, encore dans un demi-sommeil entrevit une longue silhouette brune dans une nuisette noire à dentelle laissant deviner des formes féminines insoupçonnées et absolument désirables. Il en resta un moment surpris, presque prostré !

- Eh bien ! Levez-vous ! Vous allez être en retard !

- Oui ! Tout de suite ! dit-il poliment.

- Je file vous préparez votre petit déjeuner…

Hans se secoua. Quelque chose venait de changer dans son esprit. C'était comme un électrochoc… Il avait eu envie de voir évoluer sous ses yeux cette grâce féminine… Ce n'était que le plaisir des yeux, bien sûr… Juste regarder la beauté et la féminité s'exprimer… Saisir l'instant magique…

Il était maintenant bien réveillé… Par jeu, il désira faire semblant d'être dans un demi-sommeil. Il s'assit en baillant discrètement, main devant la bouche. Madame Honney lui servit son café en se penchant devant son nez. La nuisette à dentelles était décolleté à souhait et Hans tout encore engourdi par le sommeil – du moins le semblait-il – put explorer en toute innocence ces monts et leur vallée dont la blancheur de nacre contrastait avec la couleur noire de l'habit…

Elle se sauva bien vite et les yeux de Hans furent enchantés par ses jambes fines et les courbes de sa croupe qui ondulaient avec un charme indicible !

Il se régala de tartines de beurre et de confitures… Peut-être que, par faveur, il eut droit à des œufs sur le plat ? Il était bien incapable de s'en rappeler !

Toute sa journée fut agrémentée par ces images qui revenaient en boucles dans sa tête, qui l'enthousiasmaient et qui changeaient sa vie…

Son éducation luthérienne revint bien vite au galop… Voyons - se disait-il - cette vision a réveillé en moi ce côté instinctif qui existe en chacun de nous. Il prit la ferme résolution de ne plus se laisser aller à une telle inclination…

4

Le bal du quatorze juillet 1936, comme toutes les années, était précédé d'une retraite aux flambeaux. La fanfare du village et sa population se rassemblaient sur la place de la mairie. Dès la nuit tombée, on allumait les lampions que les enfants tenaient au bout d'une perche. La fanfare, en jouant des airs joyeux, entraînait la foule derrière elle, tournait dans les rues du village avec un arrêt obligé à l'arbre de la Liberté (dont on disait qu'il avait été planté en 1793) puis aux monuments aux morts. La foule se recueillait dans une minute de silence en mémoire du sacrifice de bon nombre des enfants du pays « tombés au champ d'honneur ». Puis la fanfare reprenait sa marche pour finir devant la grande salle de cinéma à côté de l'hôtel-restaurant de l'Escapade, transformée pour l'occasion en salle de bal.

Bien qu'il y eût une solide différence entre la retraite aux flambeaux française, allègre et bon enfant, celle-ci rappelait trop à Hans les défilés nocturnes avec des torches enflammées des Sections d'Assaut des nazis, en uniformes de chemises brunes, leurs chants martiaux rythmés par les bruits de leurs bottes et leurs cris de haine comme : « Deuschland über alles » ou « Morts aux juifs, aux communistes, aux capitalistes ! » ou encore : « Vive la révolution national-socialiste ! » entrecoupés de tonitruants : « Heil Hitler ! » Leurs bras tendus s'élevaient brusquement, dans un ensemble grotesque… à pleurer. C'est pourquoi il regarda le cortège s'ébranler et renonça à le suivre.

Il se rendit directement à la salle de bal. Les portes grandes ouvertes l'invitaient à entrer. Il jeta un coup d'œil, admira les dimensions de cet espace, son parquet bien ciré. Sous la lumière blafarde, la décoration des serpentins, des guirlandes et des bannières aux trois couleurs : Bleu, blanc, rouge – pour Hans, le symbole universel de la Liberté - égayaient sans ostentation les murs vieillots. L'orchestre s'installait sur la scène de ce lieu habituellement dédié au théâtre. Un accordéoniste essayait quelques gammes tandis que le batteur prenait le rythme au vol. Hans renonça à entrer et s'installa au bar situé juste à côté. Il attendit en sirotant un demi.

La foule arriva bientôt et envahit la salle dans un brouhaha enthousiaste. Sans attendre, l'orchestre attaqua par une valse entraînante. Des couples se formèrent. Des enfants jouaient au milieu de la piste. Une atmosphère joyeuse et communicative s'installait. Les robes claires des jeunes femmes volaient et on apercevait le début de leurs ravissantes cuisses quand elles virevoltaient.

Hans s'approcha timidement. Un collègue de l'usine le salua amicalement en lui tendant la main :

- Salut Hans !

- Comment vas-tu ? répondit-il, satisfait qu'un collègue le reconnaisse…

Hans chercha son prénom mais ne s'en souvint pas… Il y avait une soixantaine de travailleurs dans cette usine où tout le monde se connaissait. Lui était encore trop nouveau pour se rappeler ne serait-ce que les prénoms de chacun de ses collègues.

Une chanteuse dans une jolie robe s'approcha du micro et entonna le refrain. Les danseurs sur la piste furent stimuler et tournèrent d'autant plus. Hans, debout, appuyé contre le poteau de la mezzanine, observait avec un sourire satisfait, ce déchainement d'enthousiasme, tous ces visages heureux, la grâce des danseuses. La valse cessa et sans attendre l'orchestre attaqua un tango. Il y eut un va-et-vient. Certains danseurs changèrent de partenaire. Hans se demandait comment il allait s'intégrer à ce tohu-bohu chaleureux.

Il avait déjà remarqué une jeune fille blonde. Une robe claire et légère laissait apparaître ses épaules blanches. La jambe était fine sur des hauts-talons. Elle dansait avec grâce dans les bras d'un monsieur bien plus âgé : Probablement son père ? Hans ne la quittait pas des yeux comme fasciné par sa grâce et sa beauté. Quand la valse cessa, son cavalier alla s'assoir. La jeune fille resta debout un instant près de lui. Ses yeux furent attirés par le regard insistant de Hans. Dès les premières mesures du tango, elle traversa la salle en souriant et demanda à Hans, subjugué par tant de hardiesse :

- M'accorderez-vous cette danse ?

Sa voix claire et nette résonna jusque dans le cœur de Hans qui pour toute réponse baissa les yeux vers elle en souriant et lui tendit les bras…

Son parfum discret l'enivra… Son contact était des plus agréables. Leurs corps se frôlaient en souplesse. Leurs regards se croisaient de temps en temps comme pour se féliciter de s'entendre si bien. Les danses s'enchaînaient sans interruption. Ils n'avaient pas envie de se séparer. C'était si bon pour Hans de sentir le joli corps de cette jeune fille bouger, vibrer dans ses bras en rythme et en cadence. Un sourire serein sur les lèvres de sa partenaire semblait le remercier d'être si doux et déjà si tendre. Pour la première fois depuis qu'il avait fui l'Allemagne nazie, Hans était heureux dans les bras d'une jeune femme… Une nouvelle époque commençait peut-être pour lui… Il en éprouvait la sensation… la prémonition. Elle se concrétisait par ce corps vibrant en cadence contre lui. Une étincelle de bonheur scintilla dans ses yeux…

Subitement, la musique cessa. La déception du public s'exprima par un : Oh ! Unanime. On entendit un sifflement dans les haut-parleurs et la chanteuse de l'orchestre annonça :

- Je vous en prie…

Elle attendit un instant que le public se calme.

- L'orchestre s'accorde un quart d'heure d'entracte… Ne partez pas, nous revenons bientôt pour vous faire danser jusqu'au petit jour !

Hans était comme désarçonné. Cette jolie femme qu'il avait l'impression de posséder en la tenant dans ses bras, fallait-il qu'il s'en sépare, qu'il la rende déjà à son père ? Elle se tenait à un mètre de lui, attendant une décision qu'il n'osait pas prendre. Elle le comprit ! C'est elle qui prit l'initiative :

- Viens, on va se rafraîchir dehors. Il fait trop chaud ici au milieu de cette foule déchaînée.

En effet, elle était toute rouge. Quelques-uns de ses cheveux blonds étaient collés sur son front. Elle transpirait légèrement, ce qui la rendait encore plus désirable. Hans aussi commençait à mouiller sa chemise.

- Oui, bonne idée… On étouffe ici !

Ils sortirent en se frayant difficilement un passage au milieu de la foule… Hans tenait la main de sa cavalière pour ne pas la perdre dans la cohue…

Dès que le portail fut franchi, la fraîcheur d'une belle nuit d'été les accueillit. Une douce brise les rafraîchit. Une voûte étoilée et un croissant de lune éclairaient leurs pas sur le large trottoir de la route nationale. Tandis qu'un certain soulagement s'affichait sur leurs visages, ils se tenaient toujours par la main… Leurs hanches quelquefois se frôlaient…

- Dis-moi qui tu es ! Je ne t'ai jamais vu dans ce village, dit-elle soudain.

- Oui, je suis arrivé ici il y a environ un mois. Je loge chez madame Honney et je travaille comme ouvrier-technicien à l'usine Magnien. Tu connais ? Je m'appelle Hans… Hans Darmitt. Et toi ?

Il essayait de parler sans accent. Il vit dans les yeux de la belle la question rituelle. Il répondit par le mensonge auquel il s'était maintenant accoutumé :

- Oui ! Je suis d'origine alsacienne ! Tu trouves que j'ai un drôle d'accent ?

- Oh ! Tu sais… Non ! On a les origines qu'on peut…

Un long silence gêné suivit… Hans pensait que son accent était peut-être un peu rébarbatif à cette jeune femme sans pour cela être rédhibitoire… Elle reprit avec le même ton vif :

- Moi, je suis la postière du village depuis six mois. Retourne-toi ! Tu vois là-bas l'enseigne de la poste… C'est là que je travaille. J'habite dans le logement de fonction juste au-dessus…

- Bravo ! C'est pratique…

- J'ai réussi le concours des P.T.T il y a un an. Après trois mois de formation, j'ai choisi ce poste à la campagne. Je suis parisienne. Mes parents sont fonctionnaires dans les ministères de la capitale. Ils sont venus me voir dans mes nouvelles fonctions, aujourd'hui, pour la première fois… Et repartent demain soir… Je m'appelle Jeanine. Presque tout le monde connait la postière dans ce village ! J'ai vingt-deux ans ! Et toi ?

- Moi, vingt-neuf !

- As-tu déjà été fiancé ?

- Non ! Quelques flirts sans importance…

- Moi, je l'ai été ! J'ai préféré rompre… C'était un collègue de mes parents. Il ne me plaisait pas… Il était timoré et d'une timidité maladive…

Hans pensa : « Parfait ! Presque une oie blanche ! »

Ils tournèrent dans la petite rue sombre qui descend vers la mairie. Au bout de quelques pas, Jeanine s'arrêta devant lui :

- Embrasse-moi ! J'ai envie de sentir tes lèvres… Tu me parais si doux !

- Tu crois ?

Ses lèvres effleurèrent sa joue puis leurs bouches se joignirent en un long baiser d'amour qui se prolongea sans que l'un ou l'autre eussent envie qu'il prenne fin. Ils s'étreignirent longuement. Hans lui caressa le dos. Elle frissonna…

- Dommage que mes parents soient là, je t'aurais fait visiter mon logement…

- Tu es sûre ? Ce sera pour une autre fois…

- C'est simple… Mes parents repartent chez eux demain soir. Comme je connais mon père, il voudra prendre la route de bonne heure vers cinq heures de l'après-midi ! Nous pouvons nous voir dans la soirée…

- Bon, dans ce cas…

Il réfléchissait. Dans son esprit, ce qu'il allait dire maintenant l'engageait… Il n'avait pas le droit d'hésiter ! L'occasion était unique :

- Je serai à la terrasse du bar de l'Escapade à partir de dix-sept heures ; je t'attendrai !

- Bravo !

- Dès que mes parents seront partis, je te rejoindrai…

Ils s'étreignirent encore une fois puis retournèrent danser. Deux heures plus tard, Hans raccompagna Jeanine jusqu'à sa porte.

- A demain, se dirent-ils…

Malgré l'heure avancée de la nuit, Hans n'avait pas sommeil. Il était tout excité. Un rapide coup d'œil à sa montre l'informa qu'il était quand même trois heures. Il eut cependant envie de parcourir les rues du village en savourant sa chance. Cette nuit d'été, si douce, était propice à la réflexion. D'un seul coup, il fut persuadé de tenir la clé de son destin. Cette jolie femme, Jeanine, était parfaite. A part son accent, il paraissait aussi lui plaire… Il était déjà amoureux… Son flirt avec sa logeuse lui parut ridicule à côté de l'avenir qu'il projetait avec la jolie postière. Il détenait là une possibilité de bonheur inouï et son intégration complète à son pays d'accueil et… la fin de sa solitude de paria…

Cependant, avant de s'engager plus avant, il devait être sincère, lui dire la vérité : Qu'il n'était pas Alsacien… Lui avouer qu'il était Allemand, c'est-à-dire lui raconter son histoire depuis le début, son enfance à Lübeck, sa fuite d'Allemagne… à cause des nazis. C'était normal… C'était honnête… Tant pis si sa vraie nationalité rebutait Jeanine… et sa famille… Il devait en passer par là avant de s'engager plus avant avec cette belle jeune femme…

Il consentit enfin à rentrer dans sa chambre sans faire de bruit, par la porte de derrière, en essayant de ne pas réveiller sa logeuse. Il s'endormit le cœur rempli d'espoir.

5

Hans se réveilla tard ce quatorze juillet 1936. Il s'habilla et tout ensommeillé se précipita dans la cuisine.

Madame Honney préparait le repas de midi.

- Bonjour, fit Hans.

- Bonjour ! Je vous ai entendu rentrer vers quatre heures. Je dors très mal. Savez-vous ? Le bal était-il captivant ?

- L'orchestre était très bon… surtout l'accordéoniste. La chanteuse avait du charme dans la voix. C'était un bal musette avec les flonflons de la fête et l'ambiance populaire comme on peut les aimer…

- Avez-vous dansé ?

- J'ai dansé avec la postière, Jeanine… Vous la connaissez ?

- Oui ! Oh ! Très jolie femme et hardie avec ça ! Bon… Voulez-vous un café… Il vous attend !

- Avec plaisir…

- Mangerez-vous avec moi ? J'ai horreur des repas de fête en solitaire, seule avec mes pensées et mes regrets…

- Oh ! Oui, bien sûr !

Madame Honney servit Hans. Elle appuya sa main sur son épaule comme pour le remercier de sa présence. Hans sirota son café dans le silence de cette maison qu'il appréciait de plus en plus. Il entendait des oiseaux solfier par les fenêtres ouvertes. Madame Honney lui transmettait toute sa sérénité de femme mûre... Après toute l'angoisse qu'il avait vécue, il savoura d'autant plus ce moment exceptionnel.

- J'y pense, reprit-elle, puisque nous nous entendons bien et que nous sommes destinés à vivre un bon moment ensemble – du moins je l'espère - appelez-moi Hélène... Laissez ce « Madame Honney » un peu trop pompeux...

- Oui ! Ce sera plus amical...

- Avez-vous visité la grange ?

- Non pas encore !

- Je vais vous l'ouvrir. Il y a une automobile que mon mari, le Colonel, avait achetée en mai 1914. Nous ne pensions pas qu'il y aurait cette abominable guerre. Nous nous en sommes servis quelquefois, quand il venait en permission... Elle est ancienne et comme neuve. Elle n'a pas roulé depuis son décès en 1917, il y aura bientôt vingt ans !

- Qu'est-ce que c'est, comme marque ?

- C'est une Torpédo de marque Panhard !

- Je connais des Torpédos, notamment Citroën. Ce sont les premiers cabriolets. En fait, ils n'avaient pas de toit pour diminuer le poids de l'automobile ainsi que la résistance de l'air et accroître de cette façon les performances... Je peux vous la remettre en marche ! Comme vous le savez, j'étais technicien chez Citroën à Paris.

« Citron » disaient mes camarades ! Je mettais au point les moteurs de « Traction » !

- Pourquoi pas ! Ce serait amusant !

Ils allèrent vers la grange. Avec une grosse clé, Hélène essaya d'ouvrir la majestueuse porte à deux battants. La serrure résista malgré tous ses efforts…

- Attendez ! Laissez-moi faire… La serrure me parait gripper…

Il força progressivement et le pêne consentit à tourner.

- Bon, il faut que je graisse cette serrure…

Ils ouvrirent les deux battants et Hans découvrit dans un coin sombre, sous une abondante couche de poussière et de toiles d'araignées, une torpédo qui lui parut de couleur verte. Son cœur battit plus fort… Un véritable bijou dormait dans son cocon de deuil et d'oubli…

- Formidable ! Je m'en occupe toute de suite ! Je vais d'abord la sortir, l'épousseter et la laver, regonfler les pneus puis la démarrer… Appelez-moi à l'heure du repas…

Hans desserra le frein à main qui résista un instant, puis, de toutes ses forces, poussa la voiture dans la cour en tournant le volant. Une pente opportune l'y aida. Sous le soleil, elle avait déjà meilleure allure…

Hans lava l'extérieur avec les moyens du bord, dépoussiéra l'intérieur. Regonfler les pneus ne fut pas une mince affaire. La pompe à bras n'avait pas servi depuis longtemps. Elle était d'un maniement difficile pour un résultat médiocre. Il s'appliqua avec un plaisir certain pour obtenir le résultat escompté. Quand Hélène vint le chercher pour le repas, cette première phase de remise en état de l'automobile, était terminée.

- Bravo ! Elle brille sous le soleil. J'avais oublié son allure exceptionnelle. On dirait qu'elle est neuve ! Pensez-vous qu'elle va démarrer ?

- Le contraire m'étonnerait... C'était mon rôle chez « Citron » ! Vous pouvez me faire confiance !

Hélène était joyeuse. Etait-ce cette automobile qui lui rappelait sa courte jeunesse heureuse ? De son côté, Hans ne pouvait s'empêcher de la suivre des yeux. Il la trouvait belle et tout dans ses attitudes, dans sa grâce lui démontrait qu'elle était enchantée de vivre l'instant présent... Manger une salade était déjà un vrai bonheur mais dévorer une tranche de gigot avec les petits pois du jardin, frais cueillis le matin dans le potager, était le paradis à la Française, pensait Hans ! Lui, l'habitué des casse-croûte dans les bars, des plats du jour à la cantine ou dans les bistrots, était émerveillé par un tel luxe. Alors quand Hélène sortit une tarte aux cerises du verger, il sut que sa vie de paria était derrière lui et que par un juste retour de fortune, la chance enfin lui souriait. Elle prenait la forme d'une élégante veuve qui le servait comme un prince, ou mieux, comme un fils, et d'un rendez-vous avec une belle postière qui représentait un avenir plein de promesses !

Après le café, Hans se dirigea de nouveau au chevet de l'automobile...

- C'est maintenant que le miracle va s'accomplir... Aucun moteur ne m'a jamais résisté... Ce serait bien le diable s'il ne démarrait pas...

- Pour sûr qu'elle va démarrer ! J'ai confiance dans le savoir-faire de mon technicien ! affirma-t-elle pour l'encourager...

Hans souleva le capot. Un chiffon à la main il nettoya la poussière et le cambouis tout en examinant l'ensemble. C'était un moteur classique à quatre temps et quatre cylindres. Il vérifia que les bougies étaient correctement branchées, qu'une durite n'était pas percée… L'huile du moteur et son niveau lui parurent dans un état suffisant pour une mise en route immédiate tandis qu'il combla le déficit en eau dans le circuit de refroidissement. Enfin, il s'enquit du niveau de l'essence en tirant du réservoir une jauge à main…

- Il faudra passer à la pompe, se dit-il !

Il s'essuya les mains avec un chiffon propre et dit tout haut :

- A nous deux, ma belle !

Elle démarrait à la manivelle. Celle-ci était dans un petit coffre à outils posé sur le marchepied. Il la trouva aisément, revint devant le véhicule, l'introduit dans l'orifice réservé à cet usage et la tourna doucement pour tester la mobilité des bielles et des cylindres… Son visage grimaça. Une résistance de mauvais augure se manifestait. Il refit un second tour de test, puis se décida de mettre toutes ses forces en jeu…

L'automobile toussa. Une fumée noire jaillit du tuyau d'échappement et le moteur ronfla… Hélène accourut toute joyeuse :

- Bravo Hans ! Vous venez de me démontrer votre savoir-faire !

- En route pour une promenade dans la campagne…

- Je cours chercher mon foulard…

Hans ouvrit le portail de la cour. Il s'en approcha et freina pour tester le bon fonctionnement des freins. Madame Honney s'installa :

- En route, c'est une grande première, et en plus, un quatorze juillet !

- Je fais le tour du village pour voir si tout fonctionne et je m'arrête à la station-service pour le plein. Si tout va bien nous ferons un tour à la campagne.

En effet, la torpédo de marque Panhard, modèle 1910, pétarada allègrement dans le village. Des enfants arrêtaient de jouer pour venir la voir passer. Madame Honney relevait fièrement la tête au côté de son chauffeur que des jeunes filles lui enviaient. Le plein fut fait à la station-service du village.

Ils descendirent vers Noailles. L'air frais de la forêt et la vitesse les grisaient. Le cœur d'Hélène s'emballait. L'émotion, les souvenirs, la présence de Hans si attentionné, la remuaient au plus profond d'elle-même. C'était trop à la fois… trop beau pour une veuve qui avait renoncé à tout… à presque tout !

Ils remontèrent par Bonvillers. Hans qui n'avait pas oublié son rendez-vous de dix-sept heures, dit :

- Pour sa première sortie, nous n'allons pas trop insister. Je vais vérifier qu'elle a bien supporté cette première balade.

- Vous avez raison ! C'est assez pour aujourd'hui… Je suis toute remuée et ébouriffée…

- Il est certain que le confort n'est pas extraordinaire… C'est sportif et la route est pleine d'ornières…

- Oui, ces cahots ne sont pas bons pour mon dos ! Je vous remercie… Vous êtes merveilleux !

Elle rougit de tant de hardiesse…

Hans rangea la voiture à sa place au fond de la grange. Il souleva le capot. Tout lui parut correct… Pour cette première sortie, la mécanique avait tenu bon…

6

Hans se changea. Il mit son costume d'été clair et décontracté.

- Je sors faire un tour, crut-il bon de dire en sortant.

Madame Honney le regarda s'éloigner un peu triste. « Je comprends, pensait-elle, il a la vie devant lui, la mienne est derrière moi ! Veuve d'un colonel ! Quel statut ! Ce n'est pas une raison pour ne pas profiter encore des belles années qui me restent. Hans vient de me montrer que tout était encore possible à mon âge… »

Hans marchait sur le trottoir le long de la route nationale, un peu ému… « Ce n'est pas gagné, se disait-il. Si la belle postière a envie de dépasser le flirt pour envisager d'aller plus loin avec moi, il faudra que je lui dise… Que l'Alsacien qu'elle serre dans ses bras, est dans la réalité un Allemand… Et là ! Quelle sera sa réaction ? Et celle de ses parents ? Je me le demande !»

Il faisait très chaud ce quatorze juillet 1936. Le village était comme endormi. Ses habitants se terraient dans la fraîcheur de leurs tonnelles ou sous les frondaisons des arbres de leurs jardins. Hans cherchait l'ombre des maisons sur le large trottoir. Il s'installa à la terrasse du « café de l'Escapade » et commanda un demi. Une petite brise agrémentait son attente. Il reconnut au loin la charmante silhouette de la postière. Elle trottinait sur le bord de la route pour éviter les pièges du trottoir. Hans la trouva irrésistible dans sa robe d'été qui la moulait si bien…

Ils s'embrassèrent sur la bouche d'un long baiser plein de de promesses, de ferveur et d'amour…

- Qu'est-ce que tu bois ?

Elle réfléchit. Il n'était pas dans ses mœurs de s'attabler à la terrasse d'un café, même un quatorze juillet :

- Bon… Ce sera un diabolo-menthe…

- Et, un autre demi, commanda Hans. Cette chaleur m'a donné soif !

- Mes parents n'en finissaient pas de partir… Tu ne t'es pas trop impatienté… J'avais peur que tu t'en ailles…

- Non… J'avais trop envie de te revoir dans la lumière du jour !

- Et alors ? Je te plais toujours ?

- Encore plus ! Tu resplendis !

Ils sirotèrent leurs boissons…

- Alors, je t'emmène promener dans les champs, les grandes allées du bois de Noailles, par exemple ?

- Ecoute… J'ai mis ma belle robe et mes hauts-talons… Hier, j'avais envie de te faire visiter mon logement de fonction. C'était impossible à cause de mes parents… Aujourd'hui… Rien ne s'y oppose…

- Bon, je te suis avec plaisir…

Ils traversèrent la rue et entrèrent par la porte sur le côté du bureau de poste. Un escalier d'une vingtaine de marches donnait directement accès au logement de fonction…

Hans admira cet appartement d'une belle surface… Deux grandes fenêtres s'ouvraient sur la route nationale. La chambre donnait sur l'arrière. Un jardin d'agrément avait été aménagé par les précédents titulaires. Jeanine s'amusait à l'entretenir pendant ses congés sans grande conviction.

- Je trouve que tu es bien logée…

- Oui, je suis à l'aise… Un peu seule… C'est normal quand on est bombardé au hasard dans un poste de receveur des P.T.T… Les collègues commencent à m'adopter !

Il y eut un moment de silence. Jeanine ouvrit la fenêtre donnant sur le jardin. De joyeux chants d'oiseaux inondèrent la pièce. La lumière du soleil couchant se posa sur le lit comme une évidence…

Quand Hans plongea dans ses grands yeux bleus, il sut qu'il allait s'y noyer. Elle le serra si fort qu'il sentit tout son corps palpiter… avec une intensité qui bouleversa le rythme de son sang, Elle l'embrassa d'un long baiser presque sauvage. L'émotion avait rosi ses joues, fait battre ses veines au niveau de ses tempes, durcit sa poitrine en feu…

Ils basculèrent tout naturellement sur le lit…

Quand, après de longs ébats, ils revinrent à eux, elle dit :

- J'ai soif, j'ai faim… Repose-toi, je vais nous confectionner une dinette !

Elle se vêtit d'une fine robe de chambre et disparut. Elle revint bientôt avec un plateau sur lequel deux assiettes étaient posées… Deux belles salades mixtes sur une tranche de jambon composaient cette dinette improvisée… Ils mangèrent en riant, exprimant leur bonheur par des grimaces et de courtes plaisanteries. Puis elle disparut de nouveau pour ranger la vaisselle.

Quand elle revint, elle plongea dans les bras de Hans. Son regard clair sonda celui de Hans :

- J'ai réfléchi et je suis sûre de moi… C'est toi l'homme de ma vie… Tu es beau à la fois comme un athlète et comme un ange… Tu respires la santé, la franchise, l'honnêteté… J'ai envie de te garder pour moi toute seule… et de t'épouser…

Hans, bien que surpris, se dit : « C'est elle celle qui va ensoleiller ma vie… me sortir de mon ghetto d'apatride… Avant tout, je lui dois la vérité !

- Tu es vraiment sûre ?

Elle opina d'un air buté.

- C'est vrai ? Vraiment ? Je ne suis pas celui que tu crois ! Dans ce cas, tu dois connaître mon histoire… Tu ne peux pas l'imaginer !

- Raconte, je suis impatiente !

- En premier, l'Alsacien, que tu as serré dans tes bras, est dans la réalité… Un Allemand !

- Oui, et alors ? Tu restes toujours le même homme, celui que j'aime, que j'ai envie d'aimer toute ma vie !

- Avant que nous nous engagions mutuellement l'un et l'autre, je veux que tu connaisses mon parcours… Il n'est pas simple… et plutôt tragique… Je commence par le début.

7

Hans DARMITT était né à Lübeck le dix août 1907 dans une famille plutôt aisée. Il était le puiné d'une fratrie de quatre garçons. Le jour d'anniversaire de ses sept ans, sa mère lui confia qu'il était l'ultime essai de ses parents pour concevoir une fille.

Son père était un cadre important d'une société de négoce de cette ville hanséatique de l'Allemagne du Nord. Ils habitaient un appartement cossu au huit de la Mengstrasse, tout près de la maison familiale de Thomas Mann, le célèbre romancier allemand. (Les Buddenbrock, La montagne magique.)

Il fut baptisé l'année d'après à la Marienkirche, cathédrale du culte luthérien de Lübeck le vingt-sept mai 1908 comme en atteste encore les registres de baptêmes.

De sa petite enfance, nous ne savons pas grand-chose. Nous pouvons imaginer qu'elle fut heureuse. L'été, la famille Darmitt allait passer quelques semaines au bord de la mer Baltique à Travemünde où son père louait une petite maison. Hans garda toute sa vie un souvenir idyllique de ces jours passés à jouer sur la plage de sable fin avec ses frères, à se baigner malgré la température de l'eau avec ses cousins et ses cousines venus les rejoindre.

Sa grand-mère maternelle l'initia très tôt au piano et aussi à un peu au solfège. C'était plutôt un jeu que de véritables leçons. A sept ans, il jouait par cœur de courtes œuvres de Chopin, de Mozart ou de Beethoven, notamment « La lettre à Elise ». Il aimait pianoter en rêvant pendant des heures, inventer des mélodies ou de nouveaux rythmes. Son père qui le trouvait très doué pour la musique, voulut lui payer des leçons par un éminent professeur du conservatoire de Lübeck. Hans ne put jamais s'adapter aux méthodes rigoristes de ce vieux monsieur de même qu'à ses exigences. Ce distingué professeur n'était bonhomme qu'en apparence. Dans la réalité, il était rigide et manifestait une grande sévérité en prenant un air hautain. Hans préféra abandonner la musique que d'être soumis aux remontrances d'un tel personnage.

A l'âge de six ans, il eut le privilège d'entrer au collège luthérien qui jouxtait la cathédrale. Il n'avait qu'à traverser la Mengstrasse pour retrouver sa classe. Il y fit de brillantes études jusqu'à l'âge de dix-huit ans.

Dans cette institution à la discipline implacable, mais à l'esprit ouvert, il eut la chance d'échapper au Latin. Il put choisir, en option comme pour remplacer cette langue morte, une langue vivante : Le Français. Son père l'avait orienté dans ce choix judicieux car il la croyait pleine d'avenir. Il était lui-même un fervent admirateur des grands écrivains comme Voltaire, Rousseau, Victor Hugo. Il récitait par cœur certaines fables de La Fontaine ou des poésies de Verlaine, Rimbaud ou Baudelaire. Pour son père, la France avec ses penseurs et sa révolution, avait éclairé l'Europe et le monde d'un immense espoir de liberté. A dix-huit ans, Hans parlait couramment un Français très littéraire avec cependant un fort accent germanique dont il se souciait peu…

Il avait trois frères. L'aîné, Berthold eut vingt ans - l'âge de mourir à la guerre - quand se déclencha la « grande guerre », le terrible, l'abominable conflit mondial ! Dès le mois d'août 1914, il coiffa le casque à pointe dans un bataillon d'uhlans.

Au début, les parents Darmitt ne montrèrent pas leur inquiétude. Ils se rappelaient la guerre de 1870. Dans la mémoire collective des Allemands du début du vingtième siècle, elle avait été une sorte de promenade victorieuse jusqu'à la capitale de l'ennemi : Paris. La vox populi parlait d'offensive imminente. Les défilés patriotiques s'enchaînaient sous les bravos de la foule en délire qui criait dans son impatience : « A Paris ! A Paris ! ». Monsieur Darmitt s'étonnait de l'enthousiasme de la foule pour le conflit. Il disait à sa femme :

- Je ne comprends pas cette folie de la part de nos concitoyens… La guerre entraîne forcément des blessés, des invalides, des morts sans parler de carnages ou d'exactions toujours possibles dans le contexte martial de la part de l'un ou de l'autre des belligérants.

Berthold, leur premier fils, fut de la première offensive dans la première armée allemande commandée par le général Von Klück. Son régiment partit de Rhénanie. Ils galopèrent à travers la Belgique, contournant Bruxelles par le Nord-Ouest, pour infléchir leur course vers le Sud et pénétrer en France. Son bataillon prit Péronne dans la Somme mais fut contraint de s'en retirer lors de la contre-offensive française. C'est dans le siège de cette ville qu'il perdit son casque à pointe et la vie le dix décembre 1914.

Quand le bourgmestre, président du sénat de Lübeck, s'approcha de la demeure des Darmitt, la mère occupée à des tâches ménagères, pressentit l'éminence du malheur. Une terrible angoisse la saisit. Toute affaire cessante, le cœur battant, elle courut à la fenêtre. Le bourgmestre en grande tenue sombre, s'approchait accompagné par son secrétaire. Ils marchaient lentement les épaules avachies, comme courbés par le poids de leur responsabilité. Ils cherchaient une adresse.

Le premier magistrat de la ville tenait à la main le papier officiel aux armes du Reich. Il s'arrêta devant le huit de la Mengstrasse, ajusta son lorgnon pour relire l'adresse indiquée, demanda au gardien si la famille Darmitt habitait toujours dans cet immeuble.

- Oui, c'est bien ici ! Deuxième étage à droite, répondit respectueusement celui-ci.

Quand on toqua à la porte, madame Darmitt se précipita, la gorge serrée :

- Monsieur le bourgmestre ! L'objet de votre visite doit être bien important pour que vous vous déplaciez à notre domicile !

- Hélas, oui ! Chère madame !

Il avala sa salive, et reprit péniblement :

- Vous êtes bien madame Darmitt, la mère de Berthold Darmitt ?

- En effet !

- Votre mari n'est pas là ?

- Non il est à son travail… Il rentrera vers dix-huit heures…

- J'ai la douloureuse mission de vous informer de la mort de votre fils Berthold Darmitt, tué au combat le dix décembre en défendant les hauteurs du Mont Saint-Quentin près de Péronne, en France.

La pauvre femme faillit s'évanouir. Elle éclata en sanglots et pleura toute la soirée. Son mari prévenu accourut à son chevet. Très attristé lui-même, il fit son possible pour la consoler…

Le Noël 1914 de la famille Darmitt fut triste. Les chants de Noël dans la Marienkirche ne retentirent pas de la même Foi que l'année précédente. La peur de perdre un enfant ou un neveu retenu sur le front, se lisait sur bien des visages… Dans Lübeck, des nouvelles alarmantes circulaient. Plusieurs jeunes soldats du pays avaient été tués dans la bataille de la Marne, au Nord de Soissons ou dans la Somme. La guerre serait plus longue et plus terrible que la vox populi l'avait espérée au début. Les gens se rendaient compte que la grande offensive qui devait être victorieuse et définitive, était un échec. Une chape de doutes, d'inquiétude et de peur s'abattit sur la ville.

Le père Darmitt – Erich – prononça le bénédicité du repas de Noël du bout des lèvres comme s'il ne croyait plus à la bénédiction du Seigneur. Les effets du blocus commençaient à se faire sentir. Il fallait déjà à madame Darmitt des trésors d'ingéniosité pour trouver les aliments de première nécessité pour nourrir sa famille. Elle avait réussi à troquer une pendule sans importance contre une dinde. Cette dinde rôtie avait un goût amer parce qu'un être, l'aîné des enfants, manquait à cette table. Des larmes silencieuses suintaient de ses beaux yeux sans qu'elle puisse les retenir.

En janvier 1916, ce fut au tour de Kurt, leur deuxième fils, d'être appelé sous les drapeaux. Il n'avait que dix-huit ans. Cette guerre de position, enterrée dans des tranchées, se révélait de plus en plus meurtrière. Les effectifs fondaient avec une rapidité alarmante sous le feu des mitrailleuses.

Les Darmitt, échaudés, toujours en grand deuil et très inquiets, furent dans un premier temps rassurés au sujet de leur deuxième fils. Leur enfant n'irait pas au front. Quand une famille était déjà endeuillée par cette guerre, le quartier général, dans sa grande mansuétude, avait promis que ses frères serviraient à l'arrière, sans jamais aller s'exposer en première ligne. Ce fut vrai jusque l'été 1916. Mais, hélas ! Les besoins en effectif furent tels que Kurt fut envoyé au front dans le siège du fort de Douaumont prés de Verdun. Il succomba dans une énième attaque pour essayer de prendre ce fort, en octobre 1916.

Le bourgmestre, fatigué de ces pénibles missions, ne se déplaçait plus lui-même. C'est un courrier qui déposa dans la boite à lettres des Darmitt la missive officielle, ornée des armoiries du Reich, le blason avec l'aigle noir monocéphale surmonté d'une couronne avec la devise : « Got mit uns. » (« Dieu est avec nous. ») Elle annonçait dans un style administratif la mort au front de leur deuxième enfant.

Le troisième enfant de la famille Darmitt, Johan, partit à la guerre en janvier 1917 à l'âge de dix-sept ans.

L'armistice puis la paix avec la Russie des Soviets avaient permis de ramener les troupes du front de l'Est. Conforté par ce regroupement, le Reich déclencha une violente offensive à l'Ouest, c'est-à-dire en Champagne et sur la Somme.

Johan était de la grande bataille du Bois Belleau près de Château-Thierry. L'offensive allemande fut déclenchée le premier juin 1918. Elle était composée de six régiments d'infanterie regroupés sous le commandement du Prince Guillaume de Hohenzollern, (Kronprinz Wilhelm), fils du Kaiser. Cette attaque enfonça les bataillons français qui se replièrent épuisés laissant sur le terrain nombre de morts et de blessés.

Les régiments de Marines américains arrivèrent en renfort. C'était des troupes fraîches qui n'avaient jamais combattu. La bataille fut longue et gigantesque. Elle dura jusqu'au vingt-six juin 1918. Les Allemands, vaincus, se retirèrent. Il y eut de nombreuses pertes des deux côtés. Mille huit cent onze morts du côté américain comme en atteste le nombre de tombes du cimetière de Bois-Belleau.

Johan Darmitt fut tué dans cet affrontement. On ne sait pas exactement la date de sa mort. On pense que c'est vers le vingt juin 1918 lors de la débâcle de son régiment. Il est enterré dans le cimetière allemand du Bois Belleau à un kilomètre du grand cimetière américain éponyme.

La nouvelle de la mort de leur troisième fils au combat, plongea la famille Darmitt dans une grande stupeur. Ils n'en furent informés qu'à la mi-juillet.

De la confiance en sa patrie, le père éclata dans une rage folle contre celle-ci. On l'entendit tonner de sa grosse voix :

- Cette guerre va-t-elle prendre tous nos enfants ? Ne peut-on pas arrêter ce massacre ? Le Kaiser serait-il devenu fou ?

Le petit Hans, âgé maintenant de onze ans, s'en souvient. Il entend encore la voix de son père résonner dans tout l'immeuble. Il revoit les larmes de sa mère, son désespoir…

Pour la première fois, le père Darmitt - Erich - osa exprimer sa colère contre le gouvernement, le Kaiser et tous les Princes de sang de la création. A partir de ce moment, il n'eut de cesse de réclamer la paix sans condition. Le peuple bruissait de bruits divers. Il était de plus en plus difficile de s'alimenter. Les navets étaient souvent le seul aliment que l'on réussissait à trouver sur le marché ! On parlait de pourparlers d'armistice avec les puissances alliées et notamment avec le Président Wilson, Président des U.S.A. Le pacifisme gagnait du terrain parmi la population. Des soldats sur le front refusaient d'obéir, se mutinaient, menaçaient de tuer leurs officiers. Une révolte sourde grondait parmi le peuple contre les dirigeants.

Depuis un moment circulaient sous le manteau des publications pacifistes dûment interdites par la censure. Elles s'appelaient « Le Journal de Spartacus » (du nom du gladiateur romain qui avait mené la révolte des esclaves sous l'empire à Rome) ou « Die Internationale ». Les auteurs les plus connus étaient Rosa Luxembourg et Karl

Liebknecht. Ils étaient les dirigeants de la ligue spartakiste issue de la scission du parti social-démocrate allemand et qui deviendra en 1919 le parti communiste allemand.

Déjà en 1916, la ligue spartakiste avait organisé une manifestation pour la paix à Berlin. Cette manifestation fut durement réprimée et les dirigeants Karl Liebknecht et Rosa Luxembourg emprisonnés.

Erich Darmitt épousa désormais la cause des spartakistes qui réclamaient la paix sans condition, l'abdication du Kaiser et l'avènement d'une société plus démocratique. Il fut de tous les rassemblements pour la paix, soutint la mutinerie des marins de Kiel puis de ceux de Lübeck. Il applaudit des deux mains la révolution spartakiste de Berlin en novembre 1918 qui chassa le Kaiser. Il s'enthousiasma de la proclamation par Karl Liebknecht d'une république socialiste d'inspiration léniniste depuis le balcon du château impérial de Berlin. Enfin l'armistice fut signé !

Erich, calmé et satisfait par la cessation des hostilités, replongea avec sa femme dans ses deuils et les difficultés du ravitaillement qui durèrent encore un moment après le onze novembre 1918. C'est à peine s'il bougea le petit doigt quand il apprit la répression de la révolution spartakiste à Berlin en janvier 1919, le massacre de la semaine sanglante par des corps de paramilitaires organisés, composés de soldats démobilisés sous l'égide du gouvernement provisoire social-démocrate. Rosa Luxembourg et Karl Liebknecht furent capturés et assassinés le quinze janvier 1919.

La famille Darmitt réduite de moitié se regroupa autour de leur dernier fils : Hans. Il en fut d'autant plus choyé.

La vie des Allemands se normalisa peu à peu sous la République de Weimar et de ses institutions démocratiques. On sentait dans la population une grande volonté pour surmonter les problèmes quels qu'ils soient et un grand courage pour travailler et relever l'Allemagne de sa défaite. La vie restait difficile, toujours avec des problèmes de pénurie alimentaire, de chômage et d'inflation chronique.

En 1925, Hans entra à l'institut technologique de Lübeck. Il en sortit trois ans plus tard avec un diplôme d'ingénieur électromécanicien.

8

Hans trouva une place de technicien chez Hamburgerischen motoren (H.M) à Hambourg. Il avait vingt-et-un ans, la vie devant lui et plein de projets et de rêves.

Cette usine fabriquait des moteurs. On ne savait pas très bien pour quelle destination. Officiellement, les moteurs étaient destinés à la marine, au transport routier, éventuellement à l'agriculture. En fait, comme Hans s'en doutait et le découvrit bientôt, ils fabriquaient surtout des moteurs d'avion… Pourtant le traité de Versailles de 1919 stipulait que l'Allemagne ne posséderait pas d'aviation militaire…

Hans louait une chambre dans le centre-ville pittoresque et moyenâgeux de Hambourg. Fatigué par sa longue journée de travail, il sortait peu le soir. Le samedi, il prenait le train pour Lübeck pour passer le week-end en famille, sa mère ayant besoin de sa présence pour se consoler de la disparition de ses autres garçons. Quant à son père, il était de plus en plus sombre et s'enfermait dans de longues lectures de la littérature allemande et internationale.

Les conversations allaient bon train à l'usine. Deux tendances syndicales s'opposaient dans de grandes discussions qui souvent tournaient mal et se terminaient en batailles rangées.

Hans possédait un goût profond pour la tolérance et la pondération. Il était plutôt favorable aux syndicats d'inspiration sociale-démocrate (A.D.G.B), voire marxiste ou communistes, ceux qui par leurs révoltes, leurs grèves avaient réussi à écarter le Kaiser et obtenu la signature de l'armistice.

Les plus nombreux, ceux qui chaque jour marquaient des points, étaient les sympathisants nationaux-socialistes. Soumis à une propagande violente et efficace, ils croyaient les théories d'Adolf Hitler exposées dans « Mein Kampf » et pensaient que toutes les pénuries alimentaires, le chômage, l'inflation galopante, tous les maux de l'Allemagne sous la République de Weimar, étaient dus au « diktat » du traité de Versailles, à la défaite dont les responsables étaient les communistes, les juifs et les bureaucrates socio-démocrates de l'arrière parmi lesquels figuraient les francs-maçons. Pour eux l'armée n'avait pas démérité et n'avait pas été vaincue. Une haine sourde les habitait, les liguait, leur faisait commettre des actes innommables et brutaux contre les soi-disant responsables de tous les maux, comme les juifs et les militants qui osaient s'opposer à leurs théories.

Hans comprit rapidement que débattre avec eux, essayer de les ramener à la raison, était impossible sans s'exposer à des sévices. Il était particulièrement heurté, indigné par les théories raciales et le fanatisme envers le führer dont la folie délirante lui paraissait une évidence. Hans était avant tout pacifiste, doué d'un profond instinct de justice tandis que ses contradicteurs étaient agressifs et haineux, tout devenant prétexte à déclencher une rixe. Dans le but de se protéger, sans baisser les bras, il s'inscrivit dans un cours de judo à la salle de sport qui jouxtait les entrepôts de l'usine. Il eut un très bon maître, le professeur Bergstein, ceinture noire et ancien champion de Prusse. Sous sa houlette, il devint rapidement un très bon judoka.

Les partisans du parti national-socialiste des travailleurs allemands (N.S.D.A.P) s'organisaient en groupes paramilitaires : les S.A ou Section d'Assaut (en Allemand SturmAbteilung). Ils portaient lors des parades et autres défilés aux flambeaux, un uniforme dont la chemise brune était la plus emblématique. C'est pourquoi, ils ont souvent été appelés les « chemises brunes » d'où le terme de « peste brune » de sinistre mémoire. Les S.A ont joué un rôle déterminant dans l'accession au pouvoir d'Hitler.

En 1928, l'année où Hans commence à travailler chez Hamburger Motoren, les S.A sont en plein développement. Le parti nazi s'enorgueillit déjà de 108000 militants. Il subit malgré tout un revers électoral aux élections législatives du vingt mai 1928 où il n'atteint pas les trois pour cent de suffrages. La victoire des socio-démocrates (SPD) et du centre éloigne pour un temps la peur des extrêmes, nationaux-socialistes et communistes compris…

Le bureau d'étude de H.M était chapeauté par une jeune femme au regard lumineux, Sarah W. Elle était ingénieure en aéronautique, sortie major de la meilleure école de Berlin. Hans aimait bien sa silhouette de brune élancée, sa taille mince, de même que la clairvoyance de son esprit. Elle essayait d'augmenter le rendement des moteurs ainsi que leur puissance dans l'accélération maximum, très prisée des pilotes dans les combats aériens. Elle consultait souvent Hans dont l'esprit clair, frais moulu de son école, lui apportait des éléments nouveaux dans ses calculs. Une véritable amitié naquit entre ces deux têtes chercheuses.

Le soir après leur journée de travail, Hans la raccompagnait jusqu'à la station du tram. Sarah appréciait cette compagnie qui la protégeait d'une agression toujours possible des S.A, enclin à exercer et à démontrer leur antisémitisme sur d'innocentes victimes. Les parents de Sarah étaient des commerçants d'un faubourg de Hambourg. Ils vendaient des meubles dans un grand magasin situé sous leur appartement. Sarah, âgée en 1928 d'une trentaine d'années, était promise à un médecin de l'hôpital. Leur mariage devrait avoir lieu bientôt. Hans comprit rapidement les limites de leur grande complicité. Celle-ci ne serait - peut-être - jamais qu'une grande amitié.

Un soir, Hans et Sarah furent suivis par quatre S.A. Au début, ce ne fut que de basses injures du genre : « La youpine accompagnée de son sale petit pédé… »

Hans aurait bien voulu en découdre. Il venait d'être promu ceinture noire, première dan, par la confédération hambourgeoise de judo. Il avait maintenant vingt-deux ans et la pratique du judo, précédée de gymnastique ainsi que la natation, avaient développé sa musculature. C'était une bonne occasion de montrer à Sarah toute sa force, son adresse et son savoir-faire. Il avait déjà envisagé la meilleure façon d'éliminer quatre adversaires en un tour de main.

Sarah le calma :

- Laisse ces pauvres types ! Fais comme s'ils n'existaient pas ! Marchons la tête haute sans montrer notre peur !

- Si tu veux, je n'en fais qu'une bouchée… Je te rappelle que je suis ceinture noire de judo, première dan. Ils ont beau être quatre, ils ne me font pas peur…

- C'est ce qu'ils veulent : la bagarre… Ils pourront dire que des « juifs ont perturbé l'ordre public ! »

Sarah monta dans le tram.

- Viens avec moi, ils n'oseront pas s'en prendre à toi à l'intérieur !

- Non, tu vas voir, ils ne viendront plus t'embêter…

Le tram démarra. Ils se firent un signe amical de la main.

Hans s'avança tout sourire vers le groupe des quatre S.A.

- Alors, j'attends le premier, le plus brave, s'il y en a un…

Le plus courageux s'avança. Sa maigreur, sa pâleur montraient sa malnutrition malgré sa taille haute. C'était un pauvre gars, pas en très bonne santé physique, ni mentale. Hans, en le regardant froidement dans les yeux, s'approcha et avant qu'il ait pu faire un seul geste, le balança par terre en utilisant l'une des prises les plus classiques, enseignée par son maître. Les autres détalèrent en traitant Hans de « sale communiste. » Avec un certain panache, le judoka aida son adversaire à se relever. Celui-ci, vexé, s'enfuit en essayant de rattraper ses complices.

Quand, le lendemain, il raconta son exploit à Sarah, celle-ci rit beaucoup, mais le prévint :

- Fais attention… Ce ne sont pas le genre de gars à rester sur un échec… Ils ne sont animés que par le ressentiment. Leur haine a besoin de se concrétiser contre quelqu'un ! Ils risquent de revenir avec des barres de fer !

Il raconta son aventure à ses camarades de l'usine. Tout naturellement, malgré ses dénégations, il devint une sorte de héros ayant tenu en échec des S.A ! L'union des combattants du front rouge (Roter Frontkämpferbund) d'inspiration communiste lui proposa de le protéger d'une probable nouvelle agression. Chaque soir, quelques camarades les accompagnaient de loin. Sarah était gênée. Elle lui dit :

- Tu sais, tu vas être fiché comme communiste par les S.A. Ce qui peut être handicapant, dans ce contexte, pour ton avenir. Moi, je suis répertoriée comme juive, donc ça ne change rien s'ils ajoutent que j'ai des liens avec un communiste !

- Je ne suis pas communiste ! Je suis un partisan de la démocratie et de la paix entre les extrêmes ! Tu sais je suis adhérent du syndicat social-démocrate, l'A.D.G.B.

- Oui, mais eux, ce qu'ils veulent, c'est du sang et de la bagarre. Leur haine se traduit par de la violence sur des boucs-émissaires ! Il ne sert à rien de se confronter à eux…

9

A la demande de Sarah auprès de sa hiérarchie, Hans fut bientôt intégré au bureau d'étude d'Hamburger Motoren. Ils coopéraient à la mise au point d'un moteur d'avion beaucoup plus puissant capable de décoller avec du fret ou des passagers.

Hans admirait, en secret, les mains élégantes de Sarah, prolongées par de longs doigts très fins et des ongles soignés. Elles paraissaient si douces, si agiles quand elles couraient sur le papier, qu'elles tapotaient le bureau quand Sarah réfléchissait… Un soir, qu'ils avaient bien avancé sur leur projet, lors d'une pause, il osa lui dire :

- Je trouve que tu as des mains de pianiste… Tu joues du piano ?
- Oui, j'en joue souvent, le soir pour me détendre. Mes parents adorent entendre Chopin et puis Mozart !

- Comme j'aimerais t'écouter ! J'ai été initié par ma grand-mère quand j'étais enfant… Elle avait aussi de longues mains fines… J'en éprouve maintenant un souvenir nostalgique…

- Si tu veux bien venir à la maison, je te montrerais mon talent…

- C'est vrai ? Quand tu voudras…

- Alors, ce sera lundi prochain… Mes parents vont chez un fournisseur… Ils seront absents toute l'après-midi. Nous serons plus tranquilles… Nous quitterons le bureau de bonne heure et nous irons ensemble !

Le lundi tant espéré arriva bien vite. Hans avait le cœur battant d'entrer par ce moyen dans l'intimité de cette femme si belle, si mystérieuse, qui évoluait dans la complète inconscience de sa perfection. Ils quittèrent le bureau d'étude de bonne heure et prirent le tram ensemble. Sarah était heureuse et tout sourire. Elle appuya sa jolie main sur l'avant- bras de Hans et lui murmura dans le creux de l'oreille :

- C'est un secret entre nous… Je ne l'ai pas dit à mes parents… Quand on est promise, qu'on doit se marier, dans notre communauté, on n'a pas le droit de se trouver seule avec un homme…

- Oui, je comprends…

Ils arrivèrent devant le magasin de meubles dans un faubourg, au Sud du centre-ville, Goethe Strasse. Celui-ci, sous les appartements, était prolongé sur le côté et sur l'arrière par un vaste entrepôt. L'immeuble était moderne et fonctionnel, bâti dans le nouveau style Bauhaus par un jeune architecte disciple de Walter Gropius (Ludwig Mies Van Des Rohe) comme l'attestait une petite pancarte située à droite de la porte principale. De larges fenêtres ornaient la haute façade pour mieux laisser pénétrer la lumière à l'intérieur des appartements.

L'entrée était indépendante, simple, bien éclairé par de larges baies vitrées. Un escalier de marbre blanc avec une rampe en fer forgée les emmena au premier étage.

Hans n'osait pas trop détailler cet intérieur fastueux constitué de meubles de « style », de miroirs, de tableaux de maître. Cependant l'un d'eux lui sauta aux yeux. Son originalité était telle qu'il n'avait jamais rien vu de semblable ! Sarah perçut sa surprise :

- C'est un tableau d'art moderne : « Bauhaus Art » du « maître » Paul Klee. Tu connais ?

- Non ! J'ai été étonné par l'intensité des couleurs et des formes inattendues !

- Là, sur l'autre mur, tu en as un autre tout aussi surprenant de Wassily Kadinsky, de la même école. C'est ce que les nazis appellent « l'art dégénéré »... Qu'ils veulent interdire... Ils ont déjà dissous l'école d'art moderne de Weimar quand ils ont été élus à la tête de cette ville ! Mon père est un grand admirateur du Bauhaus Art. Dans son magasin, il commercialise les meubles inspirés de Marcel Breuer. C'est un designer maintenant installé à Manau depuis que son atelier de Weimar a été fermé...

Bien que Hans fût étonné par le modernisme de ce logis, il lui rappelait celui de ses parents avant la guerre. Il était malheureusement nu maintenant parce qu'ils avaient dû se séparer de leurs richesses pour acheter à manger au marché noir pendant la guerre et l'immédiat après-guerre.

Sarah enleva son manteau dans un geste élégant et l'accrocha à la patère de l'entrée. Hans admira son corps svelte aux courbes parfaites dessinés dans une robe qui lui seyait à merveille. Il restait visiblement gêné. Devant de tels charmes, un reste de timidité émergeait, malgré lui, de tout son être...

- Mets-toi à l'aise, lui dit-elle en désignant le portemanteau.

Il obtempéra. Ses mains tremblaient finement. Sarah le perçut. Pourtant, elle était tout sourire. Elle le prit par la main et l'emmena dans le salon :

- Viens… Suis-moi.

« Quelle douceur ! Quelle taille fine ! Quelle quiétude loin des bruits de la ville ! Quelle paix au milieu de ces vociférations de haine » ne pouvait-il s'empêcher de penser !

Elle s'arrêta devant un piano à queue, souleva le couvercle. Tous ses mouvements reflétaient une parfaite harmonie.

- Y a-t-il une œuvre particulière que tu voudrais entendre ? Aimes-tu Chopin ?

- Oui, il me semble que je l'ai étudié, enfant !

Elle s'assit devant le piano. Chaque mouvement de son corps était un délice pour Hans…

- Alors, je vais te jouer « la valse de printemps » de Chopin.

Elle remua des partitions, la trouva et l'installa à son pupitre. Son regard étincela de bonheur en le regardant…

- Ecoute ! lui dit-elle de sa voix d'or fin…

Elle se concentra sur la lecture de sa partition. Ses mains légères comme la plume, habiles et fines parcoururent le clavier avec l'agilité de l'hirondelle dans les airs. Hans ferma les yeux… C'était délicieux… Il connaissait cet air joyeux et aérien, l'une des œuvres préférées de sa grand-mère. Hans vécut d'intenses minutes de bonheur tandis que les notes s'égrenaient une à une dans une parfaite musicalité. Quand le piano se tut, ce fut comme s'il revenait sur terre. Sarah lui souriait. Deux admirables fossettes s'étaient dessinées sur ses joues…

- Alors ?

- Splendide ! Tu joues divinement bien !

- Et toi ? Tu me montres ce qu'il te reste de tes anciennes notions…

- Il y a tellement longtemps que j'ai joué… Mes parents ont vendu le piano… et je n'ai pas joué une note depuis l'âge de onze ans ou douze ans…

- Va s'y ! Essaie, je t'en supplie !

Les désirs de Sarah étaient sacrés. Hans s'installa sur le tabouret. Une moue dubitative s'était dessinée sur son visage. Pouvait-il lui refuser quelque chose ? Elle régnait désormais sur son âme comme sur son cœur !

- Veux-tu une partition ?

- Non, je vais essayer de me rappeler « La lettre à Elise » de notre Beethoven…

Il se concentra… les notes lui revinrent naturellement au bout des doigts… Il n'y eut guère qu'une ou deux erreurs que Sarah entendit à peine…

- Tu joues très bien !

Elle se précipita dans ses bras pour le féliciter… Hans la reçut comme un don du ciel. Il savoura d'emblée la douceur de son corps, sa chaleur. Son parfum dissimulé dans son abondante chevelure, le contact de sa joue l'enivrèrent bientôt. Au lieu de la congratuler en lui tapotant le dos comme on fait à un ami, il la caressa…

- Tu es si doux, si beau, lui disait-elle…

A ce moment précis, il perçut sa folle attirance pour cet être parfait… L'envie d'elle qu'il avait toujours repoussée loin de sa conscience s'imposa !

Elle l'étreignit, le serrant toujours plus fort contre elle…

- Je sens que tu as envie de moi… Ne laissons pas s'échapper ce don du ciel ! Profitons de cet instant béni qui ne reviendra pas… Le monde qui nous entoure n'est que brutalités… Profitons d'un moment de douceur, de cette délicatesse qui transparait au bout de tes doigts ! Viens ! Suis-moi dans ma chambre !

Les désirs de Sarah étaient des ordres…

Un bonheur indicible éclairait son visage et leurs haleines se mêlèrent…

10

Dans le contexte de la crise de 1929, de pauvreté et de chômage, les élections législatives du quatorze septembre 1930 confirmèrent pour la première fois la percée du parti nazi avec 18,3 pour cent des suffrages et cent sept sièges à la chambre des députés.

L'installation de leurs députés au Reichstag fut pour les S.A l'occasion d'un grand défilé aux flambeaux sur la large avenue « Am den Linden » de Berlin. Plus tard dans la nuit, ils s'en prirent aux magasins juifs, cassant les vitrines, inscrivant des menaces sur leurs façades, même celles des célèbres et grands magasins du centre-ville, Wertheim et Tielz.

La nuit suivante à Hambourg, les S.A locales saccagèrent aussi les vitrines des magasins juifs de la ville, et notamment celle du magasin de meubles des parents de Sarah.

Toute la famille fut traumatisée. Sarah ne put venir travailler pendant une semaine… Quand elle revit Hans, elle lui raconta en détail cette nuit de folie :

- Nous avons eu très peur ! La police s'est contentée de les regarder et les laissa faire sans intervenir. Vers vingt-trois heures, nous avons entendu leurs bruits de bottes marchant au pas sur la chaussée et leurs chants guerriers, notamment leur terrible « Horst-Wessel Lied. » Puis, ils ont brisé les vitrines, endommagé les stores à grands coups de masses ou de barres de fer. Mon père était livide. Il tremblait de rage et disait : « Ils vont mettre le feu au magasin ! »

Il est descendu dans la boutique et dissimulé derrière des meubles, des seaux d'eau à la main, il se tenait prêt à éteindre un début d'incendie qui aurait pu être provoquée par le jet d'une torche enflammée à travers les vitrines brisées, comme les S.A l'avaient fait la veille à Berlin. Il n'en fut rien mais il a été très traumatisé... Désormais, il envisage de quitter ce pays pour aller vivre et recommencer aux Etats-Unis sur la côte Ouest. Nous avons un cousin qui s'y est établi depuis une dizaine d'années. Il est satisfait de la façon par laquelle, lui et les siens, ont été accueillis, et aussi des aides qu'il a reçues pour recommencer dans sa partie, la confection...

- Tu partiras aussi ? Je ne te reverrai plus ?

- Oui, nous avons vécu ensemble des instants précieux... Et nous avons eu raison ! Il faut mieux l'oublier parce que nos chemins divergent....

Hans n'exprima pas sa déception... Quelque part, il le savait... Elle réfléchit un instant et continua :

- Je pense, comme mon père, qu'il faut que nous partions ! Vraiment, tu sais ! Mon père a vécu un pogrom à Odessa en Russie, il y a longtemps, il n'avait que dix ans. Des bandes fanatisées et armées se sont introduites dans le ghetto juif. Ils ont commencé par brutaliser les gens, puis ont allumé des incendies. Ils ont tué plusieurs personnes de nos connaissances. Mes grands-parents, mon père et ses deux frères et sœurs ont pu se réfugier chez des amis chrétiens. Quand ils sont rentrés, leur atelier et leur boutique avaient été vandalisés et pillés. C'est à cette époque que mes grands-parents ont décidé de quitter la Russie et sont venus à Hambourg. Sous le Kaiser, les juifs étaient tranquilles. Il existait un antisémitisme latent, seulement dans les paroles, sans acte de violence... Maintenant, mon père dit que ce sera pire de jour en jour… avec cet Hitler et ses discours haineux… qui galvanisent la jeunesse autour de quelques mots d'ordre simplistes…

Moi, je ne peux plus travailler dans ce contexte… Hitler finira par obtenir le pouvoir. En ce qui me concerne, je ne veux pas participer à la mise au point d'avions de guerre qui seront utilisés, non pas dans un désir de défense, mais pour attaquer des états démocratiques et tuer, bombarder des populations civiles…

- Je te trouve bien pessimiste !

- C'est l'expérience de plusieurs générations. Mon père va préparer notre départ… En secret bien sûr… Nous avons déjà des passeports et nous demanderons des visas d'émigration auprès du consulat des Etats-Unis. Je compte sur ta discrétion… J'irais travailler chez un avionneur américain civil dans un but uniquement pacifique… Ils sont d'ailleurs bien plus en avance qu'ici dans la mise au point d'avion de transport aéropostal et passagers ! A Seattle, Boeing a déjà mis au point un avion capable de transporter plusieurs dizaines de passagers. J'espère pouvoir travailler chez eux sur la côte de l'Océan Pacifique ou chez un de leurs concurrents…

- C'est dommage ! Je perdrai ma meilleure amie…

- Je suis vraiment désolée ! Je t'assure que nous ne pouvons pas rester dans ce pays qui nous déteste… De toute façon, j'ai l'impression que notre travail actuel servira plus tard aux nazis !

- Et, ton fiancé officiel ?

- Peut-être viendra-t-il me rejoindre dès que nous serons installés et que j'aurai trouvé un nouvel emploi… Dans ce contexte, lui et sa famille seront aussi obligés d'émigrer. Choisiront-ils la Suisse, plus proche ? De leur côté, rien n'a encore été décidé !

11

C'est en mai 1931 que Sarah et sa famille émigra aux Etats-Unis. Hans était triste de perdre sa meilleure amie. Il la serra pour la dernière fois dans ses bras. Il avait la sensation qu'il ne pourrait plus tomber amoureux de sa vie. Son cœur était brisé. Elle avait aussi la larme à l'œil. Elle lui dit :

- Tu vas me manquer ! Je dois tourner la page. Une nouvelle vie m'attend là-bas ! Toi aussi, tu seras obligé de partir… Le parti nazi dans ce contexte de crise économique, de chômage et de pénurie alimentaire arrivera bientôt au pouvoir car les gens ne savent plus à quel « saint » se vouer. La propagande d'Hitler fait son chemin dans les mentalités, surtout chez les jeunes qui se laissent embrigader. D'autre part, tu es catalogué parmi les « rouges ». Ils ne font aucune nuance. Avec eux, c'est blanc ou c'est noir : Si on n'est pas avec eux, on est contre eux… Dans ce cas-là, on est bon pour les pires persécutions et la mort certaine au bout du compte !

- Les nazis ne sont pas encore au pouvoir. Je veux me battre jusqu'à la dernière extrémité pour leur barrer la route. Les partis démocratiques sont encore majoritaires…

- Essaie… Tu verras que ce sera de plus en plus difficile… et risqué pour ton intégrité physique et même ta vie ! Rien ne t'empêche de te préparer à partir. Je te conseille de posséder un passeport et même un visa pour le pays d'accueil que tu choisiras…

Tous les membres de la famille de Sarah prirent le transatlantique à Hambourg… Hans la perdit complètement de vue.

En effet, comme Sarah l'avait prédit, le parti national-socialiste gagnait des suffrages à chaque élection. Hitler s'efforçait de paraître plus fréquentable, calmait les S.A dont l'excitation et les exactions donnaient une mauvaise image au parti.

Le nombre d'adhérents du syndicat social-démocrate pour lequel Hans militait, diminuait sans cesse. Hans essaya en dernier recours de créer un front antifasciste avec les communistes ; ceux-ci demeuraient réticents pour des raisons historiques et idéologiques. Dans ce contexte de désunion, les nazis gagnèrent les élections fédérales du treize mars 1932, doublant leurs suffrages (36,8 pour cent au deuxième tour) avec deux cent trente-deux sièges au Reichstag devenant ainsi le premier parti d'Allemagne et leur chef, un personnage incontournable.

Après bien des intrigues et de longues tergiversations, Hitler fut appelé à la chancellerie par le Maréchal Hindenburg, président de la République, le trente janvier 1933. Le soir même, les S.A défilèrent dans un froid sibérien, six de front, avec chacun une torche allumée à la main, dans leurs uniformes de chemises brunes, frappant le pavé de leurs bottes. La colonne parcourut les grandes avenues de Berlin, passa sous la porte de Brandebourg, pour rendre hommage - le bras tendu - au nouveau chancelier. Celui-ci se tenait bien droit, le visage grave et le bras tendu, sur un balcon de la chancellerie. La jeunesse allemande embrigadée, militarisée, fanatisée défila dans la nuit froide du trente janvier 1933 pendant cinq heures !

Toutes les radios faisaient un reportage en direct de cet événement. Hans, l'oreille collée au haut-parleur, entendait dans le lointain, le bruit des lourdes bottes rythmer leurs pas sur le pavé, les chants patriotiques et le tambour, entrecoupés des slogans nazis du type : « Deuschland erwache ; die Juden kommen. » (« Allemagne réveille-toi ; les juifs reviennent. ») Ou « Deuschland über alles. » Bien d'autres encore… Hans, pétrifié par ce délire infamant, pleura de rage. Il éteignit son poste en proie au plus vif découragement. Pour lui, c'en était fini de cette Allemagne de Goethe et de Schiller, de Beethoven, de Thomas Mann, d'Albert Einstein, du Bauhaus Art etc. De cette Allemagne qui étincelait sur le monde par sa culture, par ses compositeurs, par ses savants ! Son pays sombrait, hélas, dans la barbarie, la violence et la haine. Hitler allait l'emmener jusqu'à sa ruine. Cette Allemagne qu'il aimait, aurait du mal à s'en relever aux yeux de l'humanité, à revenir dans le concert des nations civilisées pendant des dizaines d'années...

Comme l'avait prédit Sarah, le désastre arrivait… Hitler était au pouvoir.

Hans, au début, comme l'ensemble des partis démocratiques, pensait qu'il était encore possible de se battre pour écarter Hitler du pouvoir. C'était mal connaitre le personnage. Il établit sa dictature rapidement en trois étapes. Il acquit les pleins pouvoirs en obtenant auprès du Maréchal Hindenburg, Président de la République, la dissolution du Reichstag, s'assura de la police en introduisant à sa direction des membres des S.A. et obtint la bienveillance de l'armée par des promesses de développement et de croissance.

Hans assiste sans réagir comme paralysé par cette prise de pouvoir absolu. Il espère encore une réaction des démocrates.

12

Peu de temps après, dans la nuit du vingt-sept février 1933, éclata l'incendie du Reichstag. Cet évènement fut déterminant dans la vie de Hans. Les flammes s'élevèrent rapidement jusqu'au dôme de verre qui éclata et donna un terrible appel d'air. Une nuée de camions de pompiers arriva sur les lieux. Ce n'est que tard dans la nuit qu'ils réussirent à se rendre maître du phénomène.

Quand Hitler accompagné de Goebbels arrivèrent sur les lieux, l'incendie n'était pas encore totalement maîtrisé. Göring, déjà là, informa le chancelier que « les communistes avaient allumés l'incendie ! » Il ajouta qu'une arrestation avait déjà été faite.

Bien sûr, personne ne crut jamais que les communistes avaient allumé l'incendie, mais, que c'était les nazis eux-mêmes dans le but de discréditer ce parti avant les élections législatives. Elles avaient lieu le cinq mars, c'est-à-dire quelques jours après.

En écoutant la radio le lendemain matin, Hans fut édifié. Les principaux chefs nazis tenaient des propos haineux et vengeurs envers les communistes et tous ceux qui les soutenaient de près ou de loin. Il se rappela les conseils de Sarah… Il devait se tenir prêt à toute éventualité.

Dès lors, il passa à la banque ramasser ses économies. Puis, il se rendit à l'usine pour avoir des nouvelles. Les principaux dirigeants du syndicat proche des communistes étaient absents. On disait qu'ils avaient été arrêtés au petit jour pour être interrogés. Les plus optimistes pensaient qu'ils seraient bientôt relâchés puisqu'ils n'avaient rien à voir avec l'incendie du Reichstag. Les autres en doutaient, se taisaient, avaient peur... Tous concluaient qu'il fallait attendre...

Dans toute l'Allemagne, les arrestations se multiplièrent. La presse officielle le taisait, et reliait les propos calomnieux des nazis envers les « rouges ». Quand Hans exprimait à l'usine qu'aucun militant ne serait relâché, il ne trouvait personne pour partager son opinion... Tous restaient muets ! Ils avaient peur d'être les prochaines victimes des arrestations arbitraires... Certains qui paraissaient plus informés, disaient que la gestapo avait ouvert tout nouvellement un « camp de travail » à Dachau, près de Munich...

Dans son sommeil, Hans entendait la voix douce de Sarah lui conseiller de partir... Le lendemain, il prépara un sac avec quelques vêtements et des provisions. Ce sac discret et léger le suivait partout. Il le portait à l'épaule comme une musette d'ouvrier. L'hiver l'invitait à se vêtir chaudement. Il mit son pull-over le plus chaud et son manteau de laine. Tous les matins en allant travailler, il se disait : « Tu ferais mieux d'aller à la gare et d'attraper le premier train qui part vers la frontière la plus proche... »

Où aller ? Il parlait très bien le Français... Il était féru comme son père de culture française : Victor Hugo, Jean de la Fontaine, Voltaire et Rousseau. Il avait confiance dans le pays des droits de l'homme. Tout quitter d'un seul coup ! Son travail, ses amis, ses parents à qui il ne pouvait même pas écrire pour ne pas leur faire avoir d'ennuis... La police politique était capable d'ouvrir les lettres !

Une infinité de détails, de sentiments l'attachaient encore à son pays natal : L'Allemagne !

Le deux mars 1933, après sa journée, il faisait déjà nuit quand il approcha de son logis. Un épais brouillard entourait les lampadaires. Quand il tourna au coin de sa rue, il vit un véhicule de la gestapo, tous feux éteints, stationné dans la rue sombre presque noire. Son cœur se mit à battre. Il s'arrêta net, comme paralysé. « Si c'était pour moi qu'« ils » étaient là ? Si c'était mon tour ? » Pensa-t-il.

Une petite fille l'interpella :

- Hans !

C'était la fille de la concierge, madame Müller. Elle avait onze ans. Il ne l'avait pas reconnue tout de suite dans la pénombre de la rue, car elle portait un gros bonnet de laine grise enfoncée jusqu'aux oreilles.

- Oui ! Bonsoir, Angela !

- Ne rentrez pas chez vous ! La gestapo y est… Ils vous attendent dans l'escalier devant votre porte, lui signifia-t-elle de sa petite voix de gamine.

- T'en es sûre ?

- Oui ! Ils ont demandé à ma mère : « C'est bien ici qu'habite le communiste Hans Darmitt ? » Quand ils ont monté dans l'escalier, elle m'a demandé d'aller vous prévenir en mettant son index sur la bouche… Il ne faudra pas dire qu'on vous a prévenu, n'est-ce-pas, Hans ?

Elle mit aussi son index sur sa bouche.

- Bien sûr ! Motus et bouche cousue, fit-il en lui souriant. Merci ! Je ne rentre pas…

Il fit demi-tour. Sa décision fut vite prise. Il descendit d'un pas rapide vers la gare.

En arrivant dans le hall, sous la lumière blafarde, il jeta un coup d'œil rapide pour s'enquérir de l'absence de policiers. Une foule importante se pressait aux guichets.

- Pas de policier en uniforme, ni en civil, semble-t-il, marmonna-t-il à lui-même.

Un train partait pour Aix-la-Chapelle dans la demi-heure qui suivait. C'était un train de nuit. Il arriverait à six heures du matin. Il acheta un billet de seconde classe avec couchette.

Il traversa les voies pour se rendre sur le quai numéro deux. Son cœur battait. Il transpirait malgré le froid. Il avait l'impression qu'un policier en civil allait venir par derrière, lui mettre la main sur l'épaule et lui signifier :

- Hans Darmitt ? Je vous arrête pour conspiration envers le Reich !

Il éprouva un profond soulagement quand la grosse locomotive entra en gare. Hans remarqua à peine le sifflement strident, les grosses bouffées de fumée noire que la machine lâchait dans la brume ni les grincements des freins. Le wagon couchette de deuxième classe passa au ralenti devant lui. Il le suivit sur le quai d'un pas nonchalant. Peu de voyageurs descendirent. Bien vite, Hans s'installa dans son compartiment.

Quand le train démarra, Hans était déjà allongé tout habillé dans la couchette supérieure qu'il imagina être plus discrète que les inférieures. Cet éloignement de Hambourg était un soulagement. Il était seul. Un compagnon bavard l'aurait assommé ! Que lui raconter ? Qu'il fuyait l'Allemagne nazie ? Ce pays qui n'était déjà plus le sien ! Certes pas ! Il aurait fallu inventer un mensonge… C'était difficile pour Hans dont les principes luthériens de son éducation restaient la base de toute chose…

L'important était cette demi-victoire. Il avait réussi à échapper à la gestapo. Il s'éloignait de Hambourg, mais il était encore en Allemagne. Il se dit :

- Tout marche bien selon mes desseins. Demain sera la journée la plus difficile… La journée décisive ! Comment se passera le franchissement de la frontière ? C'est quitte ou double ; la liberté ou le camp de concentration avec au bout une mort probable après des souffrances indicibles. Endors-toi en pensant seulement à la perspective d'espoir et de liberté ! Repose-toi !

13

Hans dormit d'un sommeil léger. Il était réveillé à chaque arrêt du train dans les villes importantes comme dans les bourgs. Un employé criait plusieurs fois le nom de la localité. Il se rendormait ; de terribles cauchemars l'assaillaient alors : L'élite des tortionnaires des S.A, les S.S le ceinturaient et malgré tous ses efforts, il était emmené dans un « camp de travail, » précisément le camp de Dachau. Il se réveillait en sursaut, tout tremblant, en proie à une terrible panique. Puis, en entendant le train tracer son chemin dans la nuit, il reprenait confiance. Il était au contraire dans le bon wagon de sa délivrance, celui qui lui permettait de fuir la haine et le règne de l'arbitraire.

Soudain au milieu de la nuit, on toqua à deux reprises contre la vitre du compartiment. C'était un bruit très désagréable d'un métal contre le verre. Darmitt fut réveillé en sursaut ; il fut pris soudain d'un mouvement de panique. Son cœur se serra dans sa poitrine. Il entendit cependant une voix rassurante :

- Contrôle des billets !

Ce n'était que l'employé des chemins de fer qui avait tapé sa pince contre la vitre ! Hans tendit son billet qu'il avait mis à portée de main.

- Merci monsieur ! Bonne nuit !

Après cette émotion forte, Hans, rassuré, s'assoupit de nouveau…

Il dormait d'un profond sommeil quand il entendit crier à plusieurs reprises :

- Aix-la-Chapelle ! Terminus… Tout le monde descend !

Il s'assit sur le bord de la couchette en reprenant ses esprits, jeta un coup d'œil à sa montre.

- Six heures dix, dit-il à voix haute.

La nuit dans le train l'avait anéanti. Mais, c'était le jour décisif ! Ce n'était pas le moment de s'amollir ! Il rassembla ses forces… son dynamisme ! Son avenir allait se jouer maintenant ! Ce soir, il sera en Belgique, enfin libre… A moins qu'il ne soit pris !

Il prit ses affaires, enfonça sa casquette fourrée sur son crâne, mit son sac en bandoulière et descendit sur le quai.

Le froid était intense. Un épais brouillard enveloppait le quai, les lampadaires, tout. On n'y voyait pas à dix mètres. Il sortit de la gare anonyme parmi les autres voyageurs, d'ailleurs peu nombreux. Les rues étaient calmes. Du verglas recouvrait les pavés de la chaussée. Quelques ouvriers se rendaient à l'usine sur leurs bicyclettes, avec précautions pour ne pas tomber. Hans chercha une pancarte indiquant la direction de la frontière belge.

Au bout de la rue de la gare, il la trouva enfin. Il lut sur celle-ci : Liège, quarante-neuf kilomètres ; Frontière du Reich, cinq kilomètres.

- La frontière n'est pas loin, se dit-il. Je vais la franchir à pied… Dans une heure ou deux, si tout va pour le mieux, je serais de l'autre côté, la vie devant moi, la geôle, le camp de travail et la mort certaine, derrière moi… en Allemagne !

Il s'engagea d'un pas résolu dans la direction de Liège. C'était l'heure de vérité. Il avait l'impression de vivre une aventure inouïe. Son cœur battait vite. Il sentait son sang fluer et refluer dans ses veines jusque dans ses tempes... Sa situation demeurait des plus délicates.

- Je vais faire deux kilomètres sur la route pour sortir de la ville. Puis, j'obliquerai à travers champs... Je suppose que le poste frontière est situé avant, qu'il peut exister aussi une barrière de l'armée ou de la police...

Les bâtiments et les maisons s'espacèrent peu à peu. Il était maintenant au milieu des champs. Il faisait une nuit noire renforcée par une épaisse brume, un temps idéal pour un fugitif, pensa-t-il... Le sol était gelé, légèrement glissant. Ses bonnes chaussures montantes et fourrées crissaient sur le givre. Une campagne légèrement vallonnée constituée de terres labourées entrecoupées de bosquets et de petits bois s'étendaient de chaque côté de la route.

- Je dois avoir parcouru la moitié du chemin. Il vaut mieux que je passe à travers les champs maintenant...

Il examinait le paysage à droite, puis à gauche. Le brouillard l'empêchait de voir à plus de cent mètres. Il aperçut sur la droite un chemin de terre avec des ornières et des flaques d'eau recouvertes d'une fine couche de glace. Il s'y engagea hardiment.

Il avançait avec précaution guettant le moindre indice qui aurait pu être un danger. Ce chemin agricole semblait se diriger presque en ligne droite vers la Belgique. Il atteignit une forêt constituée de grands arbres décharnés dont la cime se perdait dans la brume. Elle s'étendait sur sa droite et lui parut très vaste.

- Je vais marcher parmi les arbres, par précaution. Je ne dois plus être très loin du but. Cette forêt, cette nuit, cette brume et même le froid sont paradoxalement mes alliés.

Il franchit les quelques ronces et broussailles qui gênaient son passage parmi les arbres et marcha dans la même direction. Des branches de bois mort craquaient sous ses pieds ; une fine couche de neige était restée par endroit comme un vestige de l'hiver. Il progressait doucement écarquillant toujours les yeux. Au bout d'une heure, il déboucha sur une clairière. Un chemin menait à l'orée du bois. Une clarté se pointait à l'Est éclairant faiblement le paysage. La brume était moins dense. Il s'arrêta. Il vit dans le lointain, l'ombre d'un village que son clocher pointu paraissait couronner. Il avait appris par cœur la carte du pays :

- Ce village… comment se nomme-t-il déjà ?

Il repassa dans sa mémoire la topographie des lieux comme si elle s'étalait devant lui…. Les routes, les villes et les villages se précisèrent peu à peu dans son esprit.

- Le village, là-bas… C'est… « La Calamine » ! Hourra ! Je suis en Belgique !

Le chemin menait directement sur le clocher. Il n'y avait pas âme qui vive ni à droite, ni à gauche… Il déboucha sur la route juste devant la pancarte attendue, avec tant d'impatience. Il lut : La Calamine ! Un petit drapeau belge dessiné sur celle-ci, précisait bien qu'on était en Belgique.

Un soulagement immense l'envahit… Il était sauvé ! Il se dirigea la tête haute vers le centre du village. Sur l'élégante petite place, entourée d'arbres, une église se dressait et, en face, tout à côté une auberge dont l'enseigne annonçait la devise « Au Bon Accueil ! » L'intérieur éclairé montrait qu'elle était ouverte !

- Voilà qui va me reposer de mes émotions matinales…

Hans monta les trois marches et poussa la porte vitrée. Une sonnette par ses deux coups brefs, annonça sa présence. Une douce chaleur lui monta au visage. Il faisait bien chaud dans cette auberge. Un grand poêle en fonte ronflait au milieu de la salle. Une femme brune et gironde de la quarantaine, derrière le comptoir, se retourna et dit :

- Guten Tag !

Le cœur de Hans se serra… Et s'il était encore en Allemagne ? Pourtant il avait vu la pancarte avec le petit drapeau belge ! Il répondit :

- Bonjour, Madame !

- Ah ! Oui ! Excusez-moi ! Dans ce village frontalier, on parle un dialecte proche de l'Allemand… Moi, je suis originaire de Liège, et je parle de préférence le Français…

Elle comprit soudain l'importance de ce détail…

- Rassurez-vous… Vous êtes bien en Belgique ! Que prendrez-vous ?

- Un grand bol de café au lait bien chaud avec du pain et des œufs frits, si vous avez ! Il fait un tel froid ce matin qu'on a besoin de reprendre des forces !

- Oui ! Je m'y mets tout de suite. Dans un instant, ce sera prêt !

Hans ôta son manteau et sa casquette… Il alla se réchauffer les mains près du poêle.

- On apprécie la chaleur d'un bon feu par ce temps-là, lui dit-elle.

- Oh ! Oui, beaucoup….

Un reste de méfiance l'empêchait de se confier. Cette femme sympathique n'avait rien à voir avec la gestapo, bien sûr. Il en était persuadé ! Sait-on jamais ?

- Que se passe-t-il en Allemagne ? Déjà hier un couple d'Allemand de Brème est arrivé comme vous de bonne heure… Ils paraissaient terrifiés ! On aurait dit des proscrits ! Cet Hitler serait-il si terrible ? J'ai l'impression que ce n'est qu'un début qu'il y aura de plus en plus de passages par ici !

Hans se décida à parler :

- Oui, vous avez deviné… Hitler par ses discours haineux exhorte ses partisans à s'en prendre aux juifs, aux communistes, à tous ceux qui s'opposent aux nazis ou qui essayent, tout simplement, de les ramener à la raison… et depuis l'incendie de Reichstag, de nombreuses arrestations arbitraires sont effectuées en dehors de toutes preuves ou justifications… Comme vous, j'ai bien peur que ce ne soit qu'un commencement… C'est comme un étau qui se serre progressivement jusqu'à vous étouffer ! J'ai choisi de partir avant d'être écrasé !

Elle lui apporta son petit-déjeuner qu'elle posa délicatement sur la table.

- Comme je vous comprends ! On ne peut pas vivre dans un pays où on peut vous arrêter du jour au lendemain sur simple dénonciation ! Où allez-vous ?

- Je ne sais pas encore… Je vais toujours aller à Liège. Y a-t-il un autocar pour cette ville dans la matinée ?

- Oui ! Il arrive à neuf heures. C'est son terminus, là sur la place. Il repartira pour Liège vers dix heures ! Si vous voulez, vous pouvez rester ici, j'ai besoin d'un homme pour m'aider à tenir cette auberge… Je fais restaurant et hôtel, seule ! Mon mari est décédé, il y a déjà trois ans…

- Merci ! Votre proposition est tentante ! Je tiens à mettre des kilomètres entre mes tortionnaires potentiels et moi… Ici, si près de la frontière, j'aurais toujours peur qu'ils viennent me chercher…

- Oui, je comprends… Dommage, vous me paraissez solide… Bien de votre personne et bien dans votre peau !

Elle se tut, retourna derrière son comptoir pour vaquer à ses occupations d'aubergiste. Darmitt se restaura convenablement. Puis, il guetta l'arrivée du car en sommeillant paisiblement…

Celui-ci arriva un peu en retard. Quelques voyageurs descendirent. Le chauffeur ferma son véhicule. Il prit un paquet dans le coffre et vint se réchauffer au café…

- Bonjour l'assemblée ! fit-il, guilleret en mettant le colis sur le comptoir…

C'était une vingtaine d'exemplaires du journal local : « Le Petit Liégeois. »

- Elle est mince, l'assemblée, ce matin ! Un consommateur et une tenancière… reprit-il en plaisantant.

- Tenancière… Tenancière ! Vous-même ! On n'est pas dans un claque, mon beau Monsieur !

- Si on ne peut plus plaisanter… Allez, Madeleine, sers-moi un café bien chaud ! Difficile de rouler ce matin avec le verglas, j'ai bien cru que je n'arriverais jamais en entier jusqu'ici ! J'ai fait plusieurs embardées ! Dit-il en se retournant vers Hans…

- L'hiver n'en finit pas de geler !

Darmitt se leva, marcha vers le comptoir. Il acheta un exemplaire du « Petit Liégeois. »

Il tourna les pages une à une, lisant les gros titres. Silence complet sur l'Allemagne… A croire qu'il ne s'y passait rien d'important !... même pas un petit entrefilet dans un coin pour informer des arrestations arbitraires….

Hans soupira, découragé, par l'indifférence du monde au drame qui se constituait dans son pays, qui s'amplifiait chaque jour jusqu'à prendre des proportions intolérables…

Le silence de la peur, bientôt de la mort… pensa-t-il !

14

Hans sortit en même temps que le chauffeur. Celui-ci s'installa, changea la pancarte de la destination en affichant : « Liège. Gare. »

- Gare de Liège, fit Hans en montant dans le bus.

Son enthousiasme d'être délivré des nazis s'était terni. Il était morose. Pourquoi ?

- Le drame qui se joue en Allemagne laisse les gens indifférents à tel point que je me demande pour quelle raison… Serait-ce de la complicité ? Ils se disent qu'après tout, pour la plupart d'entre eux, ce ne sont que « des communistes ! » C'est-à-dire des gens dangereux qui veulent mettre le chaos en Allemagne comme dans bien d'autres pays ! Et alors… Ils ne veulent pas voir le danger qui se dessine à l'horizon. Ils se voilent la face ! Ils n'ont pas conscience de la gravité des actes horribles qui y sont perpétués… sans qu'une protestation des gouvernements ou des peuples agite l'opinion… C'est horripilant ! A quoi servent les journalistes ? Bon… c'est un fait auquel tu ne peux rien ! Alors, n'y pense plus. Tu as sauvé ta peau… Tu dois t'occuper de ta propre survie… Ce n'est pas toi qui va stopper la main mise sur l'Allemagne par les nazis ! Seul devant un raz-de-marée ! Va de l'avant sans regarder derrière toi !

Le car s'acheminait vers la gare de Liège à une allure de gastéropode, s'arrêtant dans tous les villages et les hameaux. Hans s'était installé au fond pour ne pas être dérangé par les autres voyageurs qui montaient ou descendaient à chaque arrêt. Le bercement des cahots de la route et le doux ronflement du moteur l'assoupirent. Le vacarme de travaux à l'entrée des faubourgs de Liège le réveilla. Il vérifia l'heure à sa montre : « Presque midi ! Je continuerai vers Bruxelles !» Se dit-il. Le car s'arrêta enfin juste devant la gare. Il descendit, salua le chauffeur.

- Bonne chance, lui dit celui-ci avec un sourire encourageant.

Le hall de la gare était encombré par les bagages des voyageurs en partance. Il savoura son avantage de voyager léger…

Sur le tableau d'affichage, un train partait pour Bruxelles à quatorze heures dix.

- Voilà qui me convient… Ce soir, je dors à Bruxelles… Demain, je débarque à Paris, la ville lumière…

L'évocation de cette ville légendaire le remplit d'un optimisme opportun. Il poussa la porte du buffet, admira au passage la grande salle dont la hauteur et les décorations du plafond ainsi que le grand lustre l'impressionnèrent.

- Que de luxe pour un proscrit, pensa-t-il.

Il s'installa sur la banquette, face au bar, à côté d'une jeune femme brune occupée à consulter un dossier. Sa jeunesse, sa beauté, son élégance lui rappela Sarah. Que devenait-elle ? La reverrait-il un jour ? Déjà plus d'un an et demi qu'elle était partie…. Il était sûr qu'elle était déjà bien installée aux Etats-Unis, qu'elle occupait déjà un poste important dans l'aéronautique… Il se souvint de ses recommandations : « Demande un passeport auprès des autorités allemandes pendant qu'il en est encore temps, puis, un visa au consulat du pays d'accueil que tu auras choisi. »

Il n'avait fait ni l'un, ni l'autre, persuadé que les démocrates sauraient arrêter la montée au pouvoir des nazis ! Son sang ne fit qu'un tour ! Si les autorités françaises le refoulaient, le livraient à l'Allemagne, c'est-à-dire à la gestapo… La France était certainement informée des arrestations arbitraires perpétrées par le nouveau gouvernement national-socialiste. S'en souciait-elle ? Faisait-elle semblant de l'ignorer pour ne pas prendre en compte les migrants fuyant leur pays pour cause de persécutions politiques ?

Quand le garçon vint prendre sa commande, il était absorbé par une angoisse sourde qui lui tordait les boyaux. Le serveur répéta deux fois :

- Et, pour monsieur, ce sera ?

La jolie voisine lui sourit, d'un air de dire :

- Celui-là, il est bouché à l'émeri !

Darmitt revint à lui :

- Oui, excusez-moi ! Pour moi, ce sera le plat du jour !

- Comme boisson ?

- Euh… Un demi, s'il vous plait !

- Alors, pour Monsieur, le petit salé aux lentilles, cria le serveur à l'intention de la cuisine. Et un demi !

Hans essayait de se rassurer :

- La France est un pays d'accueil. C'est la patrie des Droits de l'Homme. Cette grande nation ne peut rester insensible aux drames, aux persécutions qui se perpétuent en Allemagne… D'autant qu'elle est concernée tant Hitler clame dans ses discours sa soif de revanche, la haine des Français et du « diktat » du traité de Versailles !

Le petit salé aux lentilles avait un goût amer. Il passait mal ! Hans se fit un devoir de l'absorber.

- Tu ne sais pas ce que te réserve les jours prochains… Tu pleureras peut-être pour manger ne serait-ce qu'un petit salé aux lentilles !

Il arriva à Bruxelles sans encombre vers dix-huit heures et prit une chambre à l'hôtel le plus proche : « L'hôtel des voyageurs. » La nuit tombait doucement sur la ville…

- C'est une bonne occasion pour visiter Bruxelles, se dit-il après avoir déposé ses affaires.

Il n'avait jamais voyagé à l'étranger. Pour la première fois de sa vie, le « proscrit » se permit de faire un peu de tourisme. C'était la meilleure façon d'évacuer en lui l'angoisse du lendemain. Le temps lui parut doux. Il flottait dans l'air l'impression que l'hiver touchait à sa fin. Darmitt admira beaucoup la Grande Place, les ornements des bâtiments, de l'hôtel de ville et de la maison du Roi.

Ce qui lui plût le plus, fut l'atmosphère chaleureuse et bon enfant de la capitale belge. Les gens se souriaient, se saluaient souvent en plaisantant. La température aussi était beaucoup plus clémente qu'à Hambourg. Il ne gelait pas et l'habituelle brume était absente. Il se promena dans les ruelles, savoura une bière dans un petit bistrot, puis préféra rentrer à sa chambre pour être à même d'affronter les difficultés qui ne manqueraient pas de surgir sur son chemin le lendemain…

15

Il sauta dans le premier train en partance pour Paris à sept heures vingt-cinq. Il était semi-direct avec un seul arrêt à la gare de Lille. Si tout se passait comme il l'escomptait, il atteindrait sa destination tant espérée avant midi…

Son cœur battait d'impatience. Le train démarra enfin et s'éloigna de Bruxelles dans des sifflements et des rugissements de fauve que rien ne peut arrêter sur sa voie. Darmitt faisait corps avec lui comme si c'était lui-même qui fonçait dans le petit jour à travers la campagne belge.

Cependant, quatre hommes en uniforme passèrent dans le couloir. Deux portaient une casquette sur laquelle était affichées « Douanes Françaises » ; les deux autres : « Douanes Belges. » Ils parlaient forts. Leurs conversations s'animaient puis ils disparurent ; la tranquillité de Hans, un moment ébranlée, revint quand les portes du wagon se refermèrent derrière eux. Hans fronça les sourcils. Un obstacle s'annonçait ! Cela sentait le contrôle approfondi à la frontière.

Un court laps de temps plus tard les douaniers revinrent. Ils contrôlaient les autres passagers :

- Papiers, s'il vous plait.

- Merci…

Il s'ensuivait une rapide vérification, suivit d'un sourire et de la restitution immédiate des documents en question.

Ils s'approchaient inexorablement de Darmitt. Qu'allait-il advenir ? C'est le cœur battant qu'il tendit sa carte d'identité. Le douanier la prit… l'examina… compara la photo à l'individu assis devant lui…

- Vous vous appelez Hans Darmitt. Vous êtes de nationalité allemande, né à Lübeck le dix août 1907 ? Vous avez donc vingt-cinq ans !

- Oui, Monsieur !

- Savez-vous que les ressortissants allemands doivent être munis d'un passeport avec un visa de l'ambassade française autorisant votre séjour en France !

- Oui ! Ma situation est particulière… Je viens me réfugier en France pour des raisons politiques… Je me suis enfui d'Allemagne… Je n'ai guère eu le temps de me constituer des papiers en règle !

- Voilà qui est fort gênant. Je dois en référer à ma hiérarchie… et me vois contraint de vous demander de me suivre…

- Pourquoi ?

- Parce que c'est la loi ! Veuillez me suivre… S'il vous plait !

Ce dernier mot était impératif. Il avait gardé dans sa main la carte d'identité de Hans. Celui-ci fut obligé d'obtempérer. Il se leva à regret, prit son bagage. Le second douanier les suivit. Ils n'allèrent pas très loin. Au milieu du train, il y avait un compartiment fermé à clé sur lequel était marqué : « Douanes françaises. »

Le douanier l'ouvrit, poussa Hans dans le compartiment…

- Je vous ferai descendre à Lille et vous présenterai au bureau d'émigration de la Préfecture. Elle, seule, est habilitée à statuer sur votre cas.

Cet homme à la face rubiconde, avait l'air d'un brave fonctionnaire obligé d'appliquer la loi. Il salua Hans en portant deux doigts à sa casquette. Son visage afficha comme un sourire navré ; il referma la porte… à clé !

C'était un compartiment un peu comme les autres, mais sûrement plus terne et plus triste. Hans s'assit sur la banquette de molesquine verte. Il avait du mal à l'âme ! Voilà ! Il était coffré dans le pays dont on lui avait tant vanté les lois démocratiques… et la Liberté ! Bon ! Il comprenait que cet agent des douanes n'appliquait qu'une procédure habituelle aux étrangers non pourvus des documents adéquats pour entrer en France…

Sur qui allait-il tomber dans ce bureau de la Préfecture réservé aux cas comme lui ? Allait-on le refouler en Belgique ? Ce qui serait le moindre mal ! Dans ce cas, ce pays deviendrait son pays d'accueil ! Ou pouvait-on le rendre à son pays d'origine : l'Allemagne ? Et le jeter dans les griffes de la gestapo ! Ce qui serait - c'était certain - son arrêt de mort ! Cette pensée le rendait tout tremblant. Il reprit courage… Non ! Cette hypothèse était exclue ! La France ne ferait jamais ça !

Le train ralentit, puis s'immobilisa. Un employé parcourait le quai en criant plusieurs fois : Lille ! On déverrouilla la porte. Les deux douaniers étaient là :

- Suivez-nous !

Ils entourèrent Hans qui n'offrit aucune résistance et obéit même avec un sourire forcé de bon aloi.

Il existait tout au bout du quai un petit bâtiment discret, dans le même style que la gare. Sur sa porte était inscrit : « Bureau d'émigration de la Préfecture de Lille. » Les douaniers l'introduisirent dans une salle d'attente sous l'œil vigilant d'une employée derrière son guichet. A l'aide de la carte d'identité, elle s'appliqua à constituer le dossier « Darmitt. »

Celui-ci essayait de se détendre. Il regardait les photographies de paysages, en noir et blanc, accrochés aux murs ternes. Dans cette salle à la lumière blafarde, il trouva tout moche et sans intérêt… sauf les jolies mèches blondes de la secrétaire qui s'agitaient au-dessus du comptoir tandis qu'elle écrivait.

Elle se leva et, d'un pas léger, vint vers Hans :

- Voilà, j'ai ouvert votre dossier. Je vais voir si « Monsieur le préposé à l'émigration » peut vous recevoir. Suivez-moi !

Elle ouvrit la porte du fond. Elle donnait sur un couloir aux multiples entrées. Elle toqua à l'une d'entre elle, et avant qu'on lui réponde, entrebâilla la porte :

- Éric, j'ai un client pour toi !

- Très bien ! Fais entrer, ma douce !

C'était un jeune homme svelte dans un sévère costume gris-anthracite. Il se composait un visage rigoureux de fonctionnaire intransigeant. Hans sentit que ce n'était pas le fond de son caractère d'autant qu'ils avaient tous les deux quelque chose d'impalpable et de très proche… Leur jeunesse, leurs allures sportives, jusqu'à leurs physiques qui n'étaient guère différents… Lui, l'Allemand, avait une sorte de frère jumeau français ! « Tout devrait bien se passer » pensa Darmitt dès cet instant, avec cependant une petite pointe d'appréhension…

- Voyons… Asseyez-vous, fit l'agent préfectoral en lui désignant l'une des deux chaises…

Il résuma la situation en comparant la photo de la carte d'identité au visage de Hans.

- Vous êtes bien Hans Darmitt né à Lübeck le dix août 1907, de nationalité allemande ? Que venez-vous faire en France, Monsieur Darmitt ?

Dans la voix de cet homme s'entendait une suspicion feinte… Darmitt crut un moment qu'on allait le suspecter d'espionnage ! Il prit sa respiration et déversa simplement et sans hâte les phrases qu'il s'était répétées cent fois :

- Je viens demander l'asile politique en France. Je me suis enfui d'Allemagne avant-hier parce que la gestapo a tenté de m'arrêter…

- Comprenez-vous que dans ce bureau chargé de la régulation de l'immigration en France, nous soyons d'un naturel méfiant, et d'autant plus avec les Allemands… pour des raisons dont vous vous doutez !

Hans pensa : « Cet agent des services de la Préfecture du Nord détient mon sort entre ses mains ; la liberté dans un pays libre ou le camp de concentration dans l'Allemagne d'Hitler ! » Il tremblait intérieurement, mais ne le laissait pas paraître. Il répondit d'un ton neutre :

- Oui, je comprends !

- Pour quels motifs, fuyez-vous l'Allemagne ?

- Depuis l'accession d'Hitler à la chancellerie, les nazis persécutent ceux qu'ils considèrent comme leurs ennemis, les démocrates de gauche et du centre. Depuis l'incendie du Reichstag…. En avez-vous entendu parler, ici, en France ?

- Oui, je crois… Parmi les autres infos, à la radio ! J'avoue que ce qui se passe en Allemagne nous laisse un peu indifférents !

- Depuis l'incendie du Reichstag, la gestapo procède à une vague d'arrestations arbitraires contre les communistes… mais aussi contre tous ceux que les nazis considèrent comme leur soutien ou leur relai.

- Ah ! Oui ? Première nouvelle ! Vous êtes communiste ?

- Non ! Je suis un démocrate. J'étais un simple adhérent du syndicat social-démocrate… Il n'empêche que j'ai fait partie du lot !

- Ah oui, je vois l'astuce politique du chancelier allemand… Dans les capitales occidentales, on ne bougera pas en se disant : « Adolf, fait du bon boulot ! » Et, lui, il en profite pour éliminer les oppositions… Faire peur à quiconque voudrait se mettre en travers de sa route et établir ainsi une dictature solide et définitive…

- Vous avez tout compris !

- Oui ! Mais, je ne suis pas le gouvernement… Quelle est votre profession ?

- Technicien en mécanique. Je travaillais chez Hamburger Motoren à Hambourg !

L'homme réfléchissait. Il semblait peser le pour et le contre ! « Mon sort, ma vie sont entre les mains de cet employé de Préfecture ! » pensait Hans.

Au bout d'un moment, sans exprimer le résultat de ses cogitations, l'homme prit deux imprimés et une feuille de carbone dans son tiroir de droite, examina Darmitt encore une fois, soupira d'un air las… puis se décida à remplir l'imprimé en double exemplaires posés devant lui.

Dans le silence angoissant de ce bureau, on entendait la plume crisser sur le papier. Hans écarquillait les yeux pour tenter de lire les premières lignes. Il ne voyait que l'en-tête : République Française... Etait-ce son arrestation ou au contraire son permis de séjour ? Impossible de le deviner !

Le fonctionnaire parapha longuement son écrit, chercha le tampon adéquat dans un tiroir, l'encra et frappa d'un geste bref la feuille ainsi que le double.

- Voici votre permis provisoire de séjour en France ! Il est valable six mois... Dans trois mois, faîtes une demande pour être reconnu comme réfugié politique auprès de la préfecture du département de votre domicile... Il faudra déclarer votre domicile ainsi que votre profession et l'adresse de votre employeur... Une enquête approfondie de la police sera toujours possible pour déterminer vos véritables motivations ! Je vous informe que les ressortissants étrangers n'ont pas le droit de faire de politique sur le territoire français, Monsieur Darmitt ! Tenez-vous le pour dit !

Darmitt prit le papier dans ses mains. Elles tremblaient légèrement. Un grand soulagement l'envahit : Son but était atteint ; il avait désormais le droit de séjourner en France !

- Je vous remercie, fit-il brièvement...

- Ne me remerciez pas ! Je ne fais qu'appliquer la loi... et je vous souhaite de bien vous adapter en France. Le prochain train pour Paris part dans vingt minutes. Vous avez le temps d'aller sur le quai numéro deux...

- Oui ! Merci encore !

16

Le train en provenance de Bruxelles arriva enfin. C'était un semi-direct. Hans serait à Paris juste avant la nuit. Ce contretemps avait eu l'avantage de lui procurer un permis de séjour de six mois. Il était en France en toute légalité... Il n'était plus un proscrit obligé de se méfier de la police... Il possédait des papiers en règle ! Il sentit comme une chaleur, une douce quiétude, un bonheur monter en lui... Non seulement, il avait échappé aux nazis c'est-à-dire au camp de travail de Dachau et, en même temps il avait obtenu un permis de séjour en France de six mois, en attendant d'être reconnu comme réfugié politique... Désormais son pays, c'était la France ! C'est là qu'il travaillera... C'est là qu'il fondera une famille en oubliant l'Allemagne et... jusqu'à ses origines ! Ce programme le remplit de bonheur... C'était comme une page blanche sur laquelle il écrira son histoire, patiemment, jour après jour ! En seulement deux jours tout avait changé ! La peur s'était muée en un espoir infini. Il avait un avenir radieux à inventer devant lui à perte de vue ! Il inclina sa tête contre l'appui-tête et s'endormit.

Il se réveilla quand le train ralentit. Il devait approcher de son but. Les aiguillages émettaient des cris plaintifs comme si la locomotive cherchait le bon quai. Des grincements de freins se firent entendre et le train stoppa !

Une foule pressée se précipita sur le quai. Hans se leva, regarda par la fenêtre. On était bien Gare du Nord à Paris ! Lentement, il ramassa son bagage et descendit sur le quai. Dans la cohue, des gens le bousculèrent, ne s'excusèrent même pas. Il marchait bien trop lentement pour eux et écarquillait des yeux ébahis… Chaque détail, même le plus banal, était pour lui un émerveillement…

Il débarquait à Paris ! La ville moderne qui avait tant peuplé ses rêves éveillés !

Il laissa la foule se disperser puis suivit le mouvement en descendant le boulevard. La nuit tombait. Il faisait une douceur presque printanière. Dans une petite rue, il avisa l'enseigne d'un hôtel qui clignotait dans le soir. Il s'approcha. C'était un petit hôtel plutôt minable, mais dont le prix serait certainement compatible avec les finances d'un immigrant, car ses « nouveaux » marks de papier désormais convertis en francs, fondaient comme de la neige au soleil…

Quand il entra une clochette signala son arrivée. Il régnait une odeur de friture et de tabac froid qui auraient pu rebuter bien des touristes. Derrière son comptoir, un homme bedonnant de la cinquantaine, l'œil sombre et interrogatif sembla se réveiller d'un profond sommeil.

- Bonsoir… Avez-vous une chambre pour ce soir ?

- Oui, il m'en reste quelques-unes… Les prix sont affichés ici.

Le prix était modique.

- Est-ce que je pourrais la garder quinze jours…

- Oui, dans ce cas vous bénéficierez d'une réduction de vingt pour cent. Mais, payable d'avance… Vous me le direz demain matin au petit-déjeuner… Il commence à six heures jusqu'à neuf heures… Veuillez remplir cette fiche… C'est pour la police…

Hans remplit la petite fiche cartonnée. Le tenancier vérifia.

- Hans Darmitt… Mais… Vous êtes Allemand !

- Oui, en effet… J'arrive de Hambourg…

- Philomène ! Nous avons un Allemand dans l'hôtel !

Une femme courtaude accourut toute paniquée… Elle essuyait ses mains à son tablier en examinant Hans comme un animal féroce… Elle se ravisa bientôt :

- Bon, fit-elle, rassurée… Moi, je ne vois qu'un jeune homme, bien de sa personne, correct et poli… élégant en plus !

Le propriétaire donna la clé avec un discret haussement d'épaule, comme à regrets.

- Ah ! Les femmes ! Il suffit d'être jeune et bien coiffé pour les séduire ! Chambre cinq, premier étage…

Hans, un peu surpris, ne se fit pas prier. Il prit son sac et monta l'escalier. En arrivant vers le haut, il entendit :

- Si j'avais su que c'était un Boche… je lui aurais dit qu'il aille se faire voir ailleurs !

- Arrête avec tes histoires de guerre, tes Chleus et tes Boches… La paix a été signée depuis plus de dix ans… Maintenant, ce sont des Allemands ! Il est temps de tourner la page, lui répondit Philomène, sa femme !

Ces commentaires étonnèrent Hans… Il prit subitement conscience qu'une certaine partie des Français en étaient toujours avec leurs vieilles lubies…

- Ce n'est pas gagné ! se dit-il à voix haute.

Il pensa : « Ils ne feront jamais la distinction entre les nazis et les antinazis… Ici aussi, il y a un sentiment antiallemand comme en Allemagne, il y avait un ressentiment antifrançais qu'Hitler a su exploiter et transformer en une haine sourde et aveugle. »

Darmitt entra dans sa chambre… Elle était en rapport avec le prix ! Un lit de quatre-vingt-dix en était le mobilier essentiel. Le couvre-lit, censé cacher la misère des couvertures, était usé, hors d'âge ! Une hideuse petite armoire métallique permettait de ranger ses affaires. Un lavabo était le seul point d'eau. Les toilettes et la douche, communes à toutes les chambres de l'étage, étaient dans le couloir.

- Bon ! C'est déjà bien ! L'important est de ne pas coucher sous les ponts… pour pouvoir se présenter propre et digne devant un employeur dès demain !

Il eut envie de faire connaissance sans plus attendre avec sa ville d'adoption. Son estomac criait famine et réclamait une sustentation immédiate. Il remit son manteau et sortit. Il descendit le boulevard. Des lampadaires éclairaient les rues presque comme en plein jour. De nombreux passants pressés s'acheminaient vers les gares ou vers leurs domiciles. Des autobus verts et jaunes à plateforme ronflaient leur folie de machine en rejetant une fumée noire, nauséabonde. Des voitures pétaradaient, klaxonnaient d'impatience, donnant une ambiance sonore caractéristique des grandes villes…

Des prostituées dissimulées dans des coins sombres lançaient des œillades en se rengorgeant. Hans passait la tête haute observant les enseignes lumineuses des magasins. Tout prêt de la gare de l'est, il avisa une échoppe d'où s'échappait une bonne odeur de viande grillée. On y mangeait debout devant un comptoir. Il entra, prit une place restée libre parmi l'alignement des convives.

- Pour Monsieur, ce sera aussi un bifteck-frites ? Et la cuisson ?

- Saignant ! Madame, s'il vous plait…

Quelques minutes après, la dame revint avec le plat et un verre de vin…

- Voici ! Le verre de vin est offert par le patron. Une carafe d'eau est à votre main…

- Merci…

Hans mangea de bon appétit. C'était le meilleur bifteck de sa vie ! Il avait le goût parisien de la liberté ! Le vin français lui parut un délice…

Après ce repas substantiel, Hans se sentit requinqué. Il eut envie de flâner et descendit le boulevard de Strasbourg. Il s'assit à une terrasse couverte au coin des boulevards… et commanda un café. Il regardait les gens passer, surtout les femmes qu'il trouvait d'une élégance rare.

Une jeune femme brune s'installa à la table d'à-côté. Il la vit entrer, accrocher son imperméable à la patère et s'assoir. C'était une brune de son âge, les cheveux frisée tombant sur chaque côté d'un visage régulier aux lèvres soulignées d'un rouge-carmin. Cette coiffure semblait être à la mode à Paris cette année-là. Elle aperçut son regard qui la dévisageait, lui sourit et dit :

- Pour ce début de mars, il ne fait pas très chaud !

Elle frissonna.

- Moi, vous savez, je trouve le climat parisien très doux… Certes, humide…

- Un thé bien chaud, demanda-t-elle au serveur…

Son oreille s'étonna de l'accent de son interlocuteur :

- Vous êtes étranger ?

- Oui ! J'arrive de Hambourg… Là-bas, il gèle encore… Rares sont les gens qui s'attardent sur les boulevards !

- J'y pense… C'est où ? Comment avez-vous dit ?

- Hambourg… C'est en Allemagne du Nord !

- Ah !

Elle se renfrogna comme si c'était une mauvaise nouvelle.

- Alors… Vous êtes Allemand…

Hans sourit… Il pensa : « Et, voilà ! J'ai perdu cinquante pour cent de mon charme… et de mes chances ! Je commence à en avoir l'habitude ! »

Il rompit un silence gêné :

- C'est mon premier jour à Paris et je savoure la douceur du climat, l'élégance des femmes… et l'amabilité des gens à l'égard des étrangers, fussent-ils Allemands, dit-il en lui souriant d'un air de défi !

- Oui ! Excusez-moi ! C'est une habitude comme un reste d'atavisme idiot… N'y pensons plus ! Vous visitez Paris ?

- Oui ! En réalité, je viens m'y réfugier !

- Ah ! Bon !

Hans raconta son histoire. Geneviève – c'était son prénom – allait d'étonnement en étonnement… Bien qu'elle ne s'intéressât guère à la politique, elle fut terriblement étonnée d'apprendre ce qui se tramait en Allemagne…

- Vous êtes en France… définitivement !

- Oui ! Je l'espère de toute mon âme… Dès demain, je cherche du travail…

- Quel est votre métier ?

- Mécanicien… Je travaillais dans les moteurs à Hambourg…

- Alors… Vous trouverez du boulot… Paris est la ville de l'automobile… Vous avez Citroën, Quai de Javel, au bord de la Seine ; Renault un peu plus loin sur l'île Seguin à Boulogne-Billancourt… Vous avez aussi des usines d'aviation au Bourget… Bréguet… Je crois !

Hans écoutait attentivement. Il avait tout enregistré… Dès demain, il irait Quai de Javel…

- Et, vous ? Vous travaillez ?

- Je travaille au métro… Caissière ! En plein courant d'air ! Quand je sors je m'empresse de venir boire un thé brûlant !

- Oui ! Je vois !

- Bien ! Je dois partir… Mon ami va bientôt rentrer !

- Merci pour votre aide !

- De rien… Au fait, votre prénom ?

- Hans !

- Au revoir Hans !

Il remonta à son hôtel… Passée sa surprise, cette femme, Geneviève, s'était montrée aimable et serviable… Ce fut comme un baume sur les bleus à l'âme d'un réfugié allemand qui voulait se faire adopter par Paris et ses habitants…

17

Hans se réveilla de bonne heure. Il prit un solide petit déjeuner. C'était un grand jour. Il partait à la découverte de la Seine ! Il fut émerveillé par les flots de ce fleuve à la fois calme et majestueux comme s'il n'était pas pressé de rejoindre la mer en passant sous de nombreux ponts. L'eau, les cours d'eau, l'océan avaient ce pouvoir magique de l'attirer, de le calmer, de le fasciner. Il décida de flâner jusqu'au Quai de Javel en suivant ses méandres, en admirant au passage la majesté des nombreux monuments qui bordent son cours de part et d'autre. Notre Dame, la Mairie de Paris, la Conciergerie, le Louvre, l'Institut, les Invalides défilèrent devant lui… Il resta en arrêt devant la tour Eiffel à la fois symbole de la Capitale et chef-d'œuvre de l'architecture moderne. Tout cela lui donna l'envie de visiter bientôt en détail chacun d'eux…

A l'approche de son but, de nombreux ouvriers en bleus de travail et casquettes inclinées sur la tête, le doublaient en vélo. La cigarette au coin de la bouche, ils chantonnaient des refrains à la mode. Hans crut entendre : « J'ai deux amours… Mon pays est Paris… » Il connaissait Joséphine Baker qui était venue à l'Opéra de Berlin en meneuse de revue en1928… Elle était maintenant persona non grata en Allemagne parce que de race noire !

« Ces idiots de nazis ! » Pensa Hans.

Il chantonna aussi : « J'ai deux amours, mon pays est Paris ! »

- L'avenir est à moi ! Je le construirai pierre par pierre comme on bâtit une maison… J'adopterai Paris et Paris m'adoptera ! se murmurait-il.

L'usine Citroën lui parut immense. C'était une ville dans la ville qui s'étendait sur plusieurs hectares. Une voie de chemin de fer la traversait. Il se dirigea naturellement vers l'imposant bâtiment administratif qui déployait ses deux ailes de chaque côté d'un édifice central. Dans le hall, il vit une discrète pancarte sur laquelle était marquée : « Bureau des embauches. » Il suivit la flèche et arriva dans une salle d'attente. Une jeune femme était assise derrière son bureau… Elle tapait à la machine. Sur le comptoir était épinglée une feuille de papier. Hans y lut : « Les usines Citroën n'embauchent plus actuellement. »

Il attendit cependant que la dactylo eût finit de taper son courrier. Celle-ci leva les yeux vers Hans :

- Vous ne savez pas lire ? On embauche plus ! C'est la crise ; l'usine va mal… Nous avons débauché plus de cinq cents ouvriers le mois dernier !

- Je sais ! Je travaillais au bureau d'études de Hamburger Motoren à Hambourg… On m'a dit que vous cherchiez des ingénieurs pour mettre au point un nouveau modèle…

- Ah ! Oui… Le nouveau modèle ! Notre planche de salut ! Dans ce cas, je vais en référer à mon supérieur…

Elle partit dans le couloir en trottinant sur des hauts-talons et après avoir frappé, entra dans un bureau…

Elle revint un quart d'heure après…

- Le directeur du bureau d'étude va vous recevoir… Suivez-moi !

Hans fut reçu par un homme grisonnant de la cinquantaine dont le visage soucieux montrait toutes les préoccupations d'un des plus hauts responsables de l'avenir de la société. Il interrogea brièvement Hans qui raconta toute son histoire…

- Ainsi vous travailliez dans le bureau d'étude de Hamburger Motoren… Tout le monde sait que H.B fabrique de robustes moteurs d'avion, pas toujours pour l'aviation civile d'ailleurs… Vous m'intéressez beaucoup. Nous mettons au point une automobile révolutionnaire à transmission avant sous l'impulsion de son concepteur : André Lefebvre… La carrosserie monobloc, elle aussi d'avant-garde, a été dessinée par Bertoni... Elle n'offre pas de difficulté. Nous avons quelques soucis avec certaines pièces du moteur… elles se révèlent trop fragiles… Elles doivent être améliorées dans le sens de la fiabilité avant la sortie grand public… Vous êtes… l'homme de la situation… Vous saurez certainement injecter de la robustesse dans nos moteurs ! Quand voulez-vous commencer ?

- Demain !

- C'est entendu… Vous serez payé comme un technicien et ensuite, selon vos mérites…

18

Hans Darmitt s'intégra peu à peu au bureau d'études de Citroën. Il n'eut pas de problèmes majeurs. Ses collègues apprécièrent son honnêteté intellectuelle, sa droiture, sa logique, son courage. Ses patrons, André Citroën et André Lefebvre, le considéraient comme un élément majeur dans les réalisations techniques des pièces du moteur de sept chevaux fiscaux de la future traction.

Il entendait quelquefois parmi les ouvriers des plaisanteries derrière son dos… du genre :

- Comment s'appelle-t-il déjà le « Chleu ? »

- Hans Darmitt ! Appelle le Hans ! Pour un Allemand… il est sympa !

Ils riaient de leur boutade !

Ou bien :

- Pour un « Chleu, » il ne se débrouille pas mal ? Les patrons apprécient ses avis…

- Il tient la route… tout comme les améliorations qu'il apporte à la future traction avant !

Hans entendait ces commentaires bienveillants dans son dos… Rien qui ne puisse le choquer ou le vexer ! Il était l'Allemand au milieu de Français qui se souciaient d'ailleurs très peu de son histoire et voulaient ignorer les faits gravissimes qui se déroulaient de l'autre côté du Rhin. La méfiance du début se dissipait peu à peu et laissait place à une réelle confiance de collègues travaillant dans le même but : Mettre au point un véhicule moderne et fiable qui, en contentant la clientèle, assurera la pérennité de l'entreprise !

Darmitt cherchait un logement. Il avait exploré les petites annonces, couru à travers Paris. Il arrivait toujours trop tard ! Parfois, son accent le disqualifiait d'emblée par rapport à d'autres candidats plus « conformes. » Malgré ses efforts, sa tendance à marteler les consonnes le dénonçait à l'oreille de ses interlocuteurs.

Heureusement un collègue mécanicien vint à son secours. Ils terminaient de monter un moteur pour procéder à des essais quand celui-ci lui dit :

- As-tu trouvé quelque chose pour te loger ?

- Non, toutes mes recherches sont vaines ! Je suis à l'hôtel !

- Tu tombes à pic… Je laisse ma piaule de célibataire pour me mettre en ménage !

- Quelle chance ! Tu me la montres ce soir ?

- O.K !

Ils se rendirent ensemble, rue Cavalotti, une petite rue située derrière la place Clichy. La chambre était au sixième étage, sans ascenseur, au fond d'un long couloir aux murs tristes.

Hans fut déçu par l'exiguïté du lieu. L'entrée permettait à la porte tout juste de s'ouvrir. A gauche une petite cuisine avec un évier et une cuisinière électrique à deux feux, n'excédait pas quatre mètres carrés. A droite une chambre mansardée en forme de couloir, de deux mètres de large sur quatre mètres de long, permettait d'y loger un lit de quatre-vingt-dix centimètres… Un vasistas qu'on pouvait ouvrir, éclairait l'ensemble de la lumière du jour. En montant sur une chaise et en regardant à l'extérieur, on ne voyait que des toits, des cheminées et des gouttières… Les toilettes à la turque dans le couloir ne manquaient pas de pittoresque…

- Bon, c'est petit… Mais, je n'ai pas le choix… Ce sera en attendant de trouver mieux…

- Tu verras, l'endroit est calme… Les voisins sont charmants et le loyer modique… C'est la concierge qui l'encaisse le premier de chaque mois…

Ils passèrent chez la concierge pour enregistrer le changement de nom du locataire… Elle était martiniquaise et montra son contentement d'avoir un nouveau locataire si élancé, si élégant, si respectueux et si beau….

- Il me suffit d'un coup d'œil pour savoir à qui j'ai affaire, commenta-t-elle en examinant Hans de la tête aux pieds ! Ce n'est pas moi qui critiquerai votre accent, dit-elle en riant… Moi, qui cultive le mien pour mettre de la gaîté et du soleil dans cette rue où la lumière du jour pénètre à peine !

Hans s'habitua très vite à l'exiguïté de sa « piaule. » Il essaya d'être heureux dans ce lieu misérable… A la longue, sa simplicité, sa tranquillité lui plurent. Il n'y séjournait guère. Le midi, il mangeait à la cantine de l'usine. Le soir, il prenait son repas sur le boulevard, se promenait en pensant aux difficultés de l'existence, à toutes les différences dérisoires qu'on mettait entre les hommes et qui gênaient ou empêchaient de véritables liens d'amitiés de se développer. Il se sentait parfois comme un orphelin au milieu de la multitude…

Ses collègues à l'usine l'aimaient bien… Ils l'estimaient connaissant sa clairvoyance et toutes ses qualités. Mais, leurs relations restaient superficielles.

Il prit en amitié sa voisine, Eliane. Il la croisa souvent dans le couloir ou dans l'escalier. Elle vivait avec un bébé dans une chambre d'à peine vingt mètres carrés et gagnait sa vie en remaillant des bas. Hans éprouva vraiment de la pitié pour elle. Elle empilait sur le lit son ouvrage de la journée. Le soir, elle libérait son lit et déplaçait les bas au milieu de la pièce. Le berceau de l'enfant occupait l'autre coin ! « Quelle misère » se disait Hans ! Que faire ? Il lui proposa son aide, lui fit parfois des courses ; cette femme mettait un point d'honneur à se débrouiller seule. Elle paraissait affronter la dureté de son existence avec courage.

- J'espère que mon petit ne vous dérange pas trop ! Il pleure la nuit de temps en temps !

- Non ! Je ne l'ai jamais entendu… Je dors comme un loir…

Il y avait aussi dans cette « cour des miracles » une artiste de cabaret. Elle partait travailler à l'heure à laquelle Hans rentrait pour se coucher… Ses chaussures ainsi que ses tenues très colorées émerveillaient Hans tant elles étaient originales et érotiques. C'était le genre de personnage qu'Hitler aurait éliminé ou envoyé en camp de rééducation sans autre forme de procès ! La concierge, d'une médisance rieuse, disait qu'elle exerçait surtout son art en position allongée, ce dont Hans ne se permettait pas de mettre en doute !

Un jour, Marie-Ange, la concierge, lui dit :

- J'ai un rêve… Et ce rêve est de me promener sur les boulevards au bras d'un beau jeune homme blond et grand comme vous…

- Rien de plus facile ! Arriverez-vous à vous libérer de vos obligations ?

- Oui ! Après vingt heures, je ferme ma boutique... Vous acceptez de vous promener avec moi, une Martiniquaise, votre aînée de dix ans, un peu rembourrée de tous les côtés !

- Oh ! Oui ! Avec plaisir.... Que veut dire « rembourrée ? » Je ne connais pas cette expression...

Elle rit avec son beau sourire qui montra toutes ses dents blanches. Elle se tourna en montrant alternativement sa poitrine et ses fesses...

- J'adore les formes féminines, répondit-il galamment...

Le samedi soir suivant, ils remontèrent le boulevard vers la place Blanche. Marie-Ange s'appuyait au bras de Hans, leurs corps serrés l'un contre l'autre comme des amoureux... Elle était fière ! Il faisait encore un peu frais en ce début d'avril. Déjà, on sentait les bourgeons des marronniers du boulevard, prêts à s'ouvrir. Marie-Ange portait un manteau d'astrakan. Elle s'était maquillée ; surtout elle était heureuse de réaliser son rêve. Ce bonheur se manifestait par un tas de petites attentions, plaisanteries, sourires et rires pour la moindre allusion récréative.

Ils passèrent devant le Moulin Rouge et admirèrent dans le grand hall les affiches de films pleins de promesses... On y jouait encore « l'ange blond » avec Marlène Dietrich et Gary Grant. « Grand Hôtel » avec Greta Garbo était programmé pour la semaine suivante...

Après avoir été un music-hall très connu dans lequel la « fameuse Mistinguett » mena longtemps la revue, le Moulin Rouge s'était mué en une salle de cinéma à la mode, très courue des Parisiens. Les attractions de l'entr'acte étaient célèbres.

- Cette salle doit être merveilleuse ! dit-elle.

- Je t'y emmènerai un autre soir… Promis !

- Tu es un chou ! lui dit-elle en riant et en se coulant contre lui…

Ils arrivèrent devant le Théâtre des Deux Anes. Un groom en grande tenue invitait les passants :

- Il reste encore quelques places. La direction vous les offre avec une remise de cinquante pour cent… Si vous entrez maintenant… Dans dix minutes, il sera trop tard ! Le spectacle va commencer.

- Tu connais ? Demanda Hans.

- Je n'y suis jamais allée ; c'est un célèbre théâtre de chansonniers. Ils font rire le tout Paris par leurs pamphlets sur le gouvernement et les grands de ce monde…

- Profitons-en !

- Oui ! On va bien rire…

On leur attribua deux places au balcon au premier rang. Les chansonniers au nombre de cinq défilèrent chacun leur tour. Daladier le premier ministre ou plutôt le Président de Conseil, comme on disait à cette époque, en prit pour son grade. Sa politique fiscale d'austérité, avec baisse des salaires des fonctionnaires fut raillée à qui mieux mieux… Tous les ministres y passèrent sans exception, puis ce fut le tour de l'armée, de la police et de la gendarmerie avec quelques piques pour le clergé…

Pour la première fois, devant ses yeux étonnés, Hans vit Adolf Hitler tourné en ridicule. Un chansonnier déguisé en dictateur, coiffé comme le Führer et grimé avec la moustache maudite, arpentait la scène au pas de l'oie comme une marionnette en claironnant des insanités dans un Allemand de contrebande avec des jeux de mots en

Français, stoppant de temps à autre en tendant le bras pour crier : Heil Hitler !

La salle applaudissait à tout rompre. Hans riait à s'en tordre les boyaux…

A part cet épisode guignolesque, ce n'était que de l'humour avec de bons jeux de mots toujours bon enfant, et des calembours qui restaient dans des limites raisonnables et qui en aucun cas ne pouvaient être haineux, diffamants ou appeler à la sédition…

Le spectacle dura deux heures et demie entrecoupé d'un entracte. Quand il fut terminé et que Marie-Ange et Hans se retrouvèrent sur le boulevard, ils demeurèrent tout étourdis par les textes en prose ou en vers jetés à l'encan pour un public séduit et riant aux éclats. Marie-Ange avait ri jusqu'aux larmes. Elle essuyait encore ses yeux avec un petit mouchoir brodé… Hans, plus réservé, n'avait pas toujours bien compris certains jeux de mots, mais était émerveillé par la liberté des propos des artistes et surtout restait stupéfait qu'on puisse se moquer à ce point du « chancelier » qui terrorisait l'Europe.

- Quelle liberté ! Tu sais en Allemagne des allégations comme celles-là sont censurées et interdites… La moindre critique du national-socialisme ou de son chef peut être dénoncée à la gestapo et les « coupables » jetés dans un camp de travail ou même enlevés et disparaître sans qu'on ne retrouve plus jamais la moindre trace de leur corps…

- C'est terrible ce régime ! Comment les gens arrivent à vivre ?

- Les uns s'enfuient comme moi parce qu'ils ont peur d'être arrêtés, d'autres s'accommodent du régime en pensant que ce n'est qu'un mauvais passage, une sorte de maladie qui guérira bientôt… Beaucoup se laissent entraîner et sont enrégimentés, fanatisés dans les nombreuses organisations nazies dont les pires sont les S.A et leur élite : les S.S... Bon ! Oublions tout ça… Restons dans la joie et le rêve de ce magnifique spectacle… et profitons de cette belle soirée.

Ils firent le tour de la Place Clichy. Il était déjà minuit. Des clients dégustaient encore leurs plateaux de fruits de mer à la terrasse du restaurant « Le Wepler. »

- Ils ont l'air de se régaler dit Hans…

- Oui ! C'est un des grands restaurants de la Place Clichy, huppé et très cher…

- On se payera ça samedi prochain ! Moi, l'exilé, j'ai envie de profiter de la vie parisienne, de sa douceur et de son luxe… On ne sait pas ce que l'avenir nous réserve !

Marie-Ange communiqua son désir de rentrer. Dans l'entrée de l'immeuble, devant sa loge, elle regarda Hans dans les yeux. Son regard pétillait de désir. Elle lui dit tout simplement :

- Ce fut une très belle sortie. Je te remercie… Si tu veux, je t'offre de partager mon lit pour cette nuit… Ce sera ta récompense ! Ainsi cette soirée sera complètement réussie !

Il n'eut pas le temps de bredouiller son approbation ; elle l'entraîna dans sa loge…

19

Hans Darmitt ne pensait qu'à son avenir, désormais en France. Il croyait aussi au progrès des sciences et des techniques dont bénéficierait l'humanité toute entière, à laquelle il avait la chance de contribuer par ses initiatives de technicien aux usines Citroën.

Il se persuadait qu'il ne fallait jamais regarder dans le rétroviseur. Le passé… son passé devait être oublié. C'était sa façon de se protéger des regrets et des larmes d'avoir fui cette Allemagne qu'il aimait malgré tout et dont il abominait qu'elle se soit abandonner dans les bras du diable : Adolf Hitler et de ses démons, les nazis…

Oui ! Il devait oublier le passé pour ne pas se désespérer et pouvoir aller de l'avant ! Il ne s'informait jamais de la tournure que prenaient les évènements en Allemagne tant il était persuadé qu'il était impossible d'arrêter le rouleau compresseur de la révolution national-socialiste, tant il avait peur d'être indigné au point d'en faire des cauchemars la nuit ! Il allait jusqu'à ne plus jamais vouloir parler Allemand… Quelquefois, il enrageait de ne pas être né Français !

C'était à la fin du mois de mai 1933. En sortant du métro Place Clichy, il vit le gros titre d'un journal du soir : « Les autodafés de livres continuent en Allemagne. »

Son sang ne fit qu'un tour… Comment était-ce possible ? Il fit une entorse à ses grands principes : il acheta le journal et il lut :

« Les nazis continuent de brûler en place publique toutes les œuvres littéraires qui ne correspondent pas, selon eux, à « l'esprit allemand » ou qu'ils considèrent comme « dégénérées ». Il en est ainsi des auteurs juifs, francs-maçons, marxistes ou pacifistes. Se trouvent jetés aux feux les œuvres de Marx, Hegel, de tous les auteurs juifs allemands ou étrangers, entre autres Sigmund Freud, Stephan Zweig, et même celles de Erich Maria Remarque « A l'Ouest, rien de nouveau » ou même l'œuvre de Thomas Mann, prix Nobel de littérature 1929 : « Les Buddenbrook (le déclin d'une famille), La Montagne Magique etc. » et aussi d'auteurs étrangers comme Jack London ou Jaroslav Hasek et son brave soldat Chveik. »

Il lut encore :

« Dans des éditions antérieures, nous avons déjà relaté le grand autodafé de Berlin, Place de l'Opéra, le dix mai, orchestré par toutes les corporations des étudiants nazis avec la présence officielle de Goebbels, ministre de la propagande d'Hitler, puis, le quinze mai, les autodafés de Hambourg, Munich, Heidelberg et d'une trentaine de villes universitaires.

« Un autre autodafé a eu lieu dans la soirée du vingt-six mai à Lübeck, Cour Bunian, dans la ville natale de Thomas Mann. » etc. etc.

Hans Darmitt était indigné. Ils avaient osé ! Dans sa ville natale, celle aussi de Thomas Mann, prix Nobel de littérature ! Comment pouvait-on se livrer à de tels actes de folie collective ? De nombreux auteurs, savants, intellectuels avaient peur désormais et fuyaient leur pays. Einstein qui était parti faire une conférence à Zurich, n'était pas rentré. Thomas Mann avait demandé l'asile politique aux autorités de Berne… La liste était longue…

Darmitt rentra chez lui, courroucé, indigné, les jambes coupées. Il avait l'impression que les nazis anéantissaient des siècles de culture allemande pluraliste, cosmopolite, éprise de libertés. Cette littérature, en se mêlant aux autres dans le concert des nations, rayonnait à travers le monde avec ses grands compositeurs de musique, avec ses savants, ses artistes peintres, ses sculpteurs… Quelle bêtise de vouloir enfermer la culture allemande dans un nationalisme étroit ! Il se jeta sur son lit et pleura de rage…

Cette peine profonde s'apaisa peu à peu. Une lumière scintilla enfin au fond de son âme. Il se réveilla de ce cauchemar. Il se dit à haute voix : « On peut brûler des livres ! Après tout qu'importe ! Ce n'est que du papier ! On ne peut pas tuer la philosophie, la pensée libérale, celle qui ennoblie l'art, la beauté, la liberté… Bien des censeurs sont passés avant ces incendiaires. Ils n'ont jamais anéanti la pensée universelle libérale, l'humanisme, la culture… C'est dommage pour l'Allemagne actuelle… Et quelle honte ! Tant qu'Hitler sera au pouvoir, l'avenir, de même que le présent, sera sombre pour les Allemands et j'ai bien peur pour tous les Européens… »

Il était persuadé que son bel avenir qu'il espérait en France, s'obscurcirait bien vite à cause de la menace grandissante du monstre de Berlin… Même s'il n'avait jamais vraiment écouté ses discours haineux, il savait que des phrases menaçantes étaient martelées dans chaque intervention ; et ces expressions étaient : Espace vital du grand Reich, La honte du traité de Versailles voulu par la France… Etc. Etc.

La menace était réelle. Pourtant, Hans avait l'impression que les Français voulaient vivre leur vie insouciante sans en entendre parler tandis que les gouvernements occidentaux ne prenaient pas le chancelier Hitler, ses discours, ses projets et ses menaces très au sérieux. Bien au contraire, il le considérait comme un rempart face à une autre menace : Le bolchevisme… Le machiavélique Hitler le savait et en jouait…

20

André Citroën présidait à la destinée de sa firme. Les banquiers avaient confiance et lui ouvraient largement le crédit. Avec cet argent, le président modernisait ses usines sur le mode d'Henri Ford qu'il connaissait bien et dont il avait visité les usines de Détroit. « Citroën » était à la pointe du progrès : Cantines, crèche, service médical avec médecins et infirmières, et surtout modernes chaînes de montage des véhicules.

André Lefebvre dirigeait le bureau d'étude, chargé de concevoir et de réaliser les nouveaux modèles, en l'occurrence en cette année 1933, la traction avant de sept chevaux fiscaux.

La conception de ce prototype avançait à grands pas. On était pressé. La « Rosalie » se vendait encore assez bien mais dégageait très peu de bénéfices. Les finances de la maison Citroën étaient au plus bas. On vivait sur le crédit et le bon vouloir des banquiers.

Heureusement les premiers essais sur route étaient programmés. Un matin de la fin septembre, André Lefebvre prit le volant. André Citroën avait tenu à l'accompagner. Les places arrière étaient restées vacantes, volontairement pour ne pas surcharger le véhicule. Ils avaient choisi de faire une centaine de kilomètres à vitesse modérée.

Une dépanneuse suivait avec des mécaniciens et Hans, le responsable moteur.

André Lefebvre prit la direction de Fontainebleau. Tout se passait bien. Le moteur qui avait été longuement testé sur banc d'essais, ronflait régulier, rassurant. Le chauffeur s'arrêta comme prévu au bout d'une cinquantaine de kilomètres. Hans fut invité à soulever le capot. Il vérifia le circuit de refroidissement. Le niveau d'huile était parfait. Tout était bon. On attendit un quart d'heure. On sortit une thermos de café. L'équipe trinqua chaleureusement. Tout le monde était heureux… Puis on rentra à la même allure.

Quand le prototype de la Traction-avant pénétra dans le grand hall de l'usine, les ouvriers quittèrent leur travail et vinrent applaudir… Ils les acclamèrent comme des héros… Des casquettes s'envolèrent vers le ciel et des hourras fusèrent ! Ce fut la liesse. Les deux André étaient heureux. Hans n'en revenait pas de ce succès. La maison Citroën serait sauvée !

Après ces quelques instants de bonheur partagé, André Lefebvre convoqua ses collaborateurs. On fit le bilan positif de ce premier essai. Demain, il faudra aller plus vite, pousser la voiture de façon à voir quelle pièce allait lâcher en premier…

Les essais sur route de plusieurs prototypes se multiplièrent quelquefois émaillés d'incidents, voire de pannes. A chaque fois les ingénieurs étudiaient le problème, puis y remédiaient. Le patron trouva que le moteur de sept chevaux fiscaux était un peu poussif dans les côtes quand la voiture transportait quatre passagers et il confia à Hans la conception d'un moteur de huit puis de neuf chevaux.

Hans était heureux de voir se concrétiser son travail avec une équipe si dynamique. Son intégration lui paraissait complète…

Le vingt-trois mars 1934, la traction avant sept chevaux fiscaux fut présentée par les deux patrons aux concessionnaires. Hans fut invité à leur décrire les principales innovations techniques du moteur. Il s'acquitta de cette tâche avec panache et fut longuement applaudi. D'autres intervenants se succédèrent pour s'appesantir sur la transmission de conception révolutionnaire.

La présentation officielle à la presse eut lieu le dix-huit avril 1934. Hans était heureux d'autant plus que ce lancement s'effectuait Place de l'Europe, là où huit avenues portant le nom de huit capitales européennes, convergeaient. Un lieu symbolique pour Hans qui aurait voulu naître en France et qui se sentait Européen, d'une Europe démocratique, en paix et sans frontière…

Lors des instants les plus sombres de sa vie, il se souviendra longtemps de ces moments de liesses, sorte d'apothéose dans sa carrière de technicien-ingénieur.

Dès le lendemain, les équipes savaient qu'elles ne pouvaient se reposer sur leurs lauriers ! Ils ne seraient que passagers ! Bientôt les critiques fuseront. Il faudra y répondre en améliorant, en continuant à innover et en mettant au point le moteur de huit, de neuf puis de onze chevaux fiscaux…

Cependant une note de la banque de France signale que la société Citroën est lourdement endettée, que les bénéfices tardent à apparaître. Les banquiers s'affolent et coupent leurs crédits. Le vingt et un décembre 1934, la société Citroën est mise en liquidation judiciaire… L'angoisse monte parmi le personnel. Fermer l'usine ? Mettre plus de douze mille ouvriers au chômage ? Impossible ! On en discute ferme en haut lieu. Le président du conseil intervient. Il faut trouver une solution. C'est finalement Michelin qui sauvera l'usine et ses douze à treize mille emplois…

André Citroën décède le trois juillet 1935 d'un cancer à l'estomac… Hans était de ceux qui rendirent hommage à ce grand visionnaire qui avait trop la tête dans les étoiles et pas assez les pieds sur terre pour s'inquiéter des additions et des soustractions de la comptabilité.

Hans Darmitt est durablement affecté par les déboires de la « maison Citroën. » Il aimait sa « boite » comme il disait maintenant avec ses collègues. Elle avait fait de lui un ingénieur responsable… Quand il revisitait ses plans, il oubliait qu'il était un étranger et un étranger pas comme les autres : un Allemand ! Il se croyait… Français parce qu'il se battait pour une célèbre marque française !

Il guettait le moment où un de ses collègues allait lui dire : « maintenant, tu es l'un des nôtres ! » Mais, ce moment tardait à venir.

21

Quel que soit l'humeur de Hans, Marie Ange était toujours là, le sourire aux lèvres avec plein d'anecdotes cocasses sur les habitants de l'immeuble et du quartier. En sa présence, Hans oubliait tout : les nazis, les soucis de l'usine, sa condition d'émigré. Il riait avec elle, souvent en goûtant le fameux « tit'punch… »

- Apelle-moi Doudou, s'il te plait, mon Hans ; ça veut dire « chérie » en créole…

Elle riait découvrant ses belles dents blanches…

Le samedi soir, ils sortaient au cinéma, puis s'attardaient dans un restaurant du boulevard. Ils eurent l'occasion d'aller voir l'opérette de Jacques Offenbach « La Créole » avec Joséphine Baker au théâtre Marigny. Sa tournée en Allemagne venait d'être annulée, en raison de la couleur de sa peau… un peu trop bronzée pour les apôtres de la race supérieure ! Quand Hans l'apprit, il se contenta de hausser les épaules en pensant :

- Ce n'est pas étonnant de la part de tels abrutis !

Il chantonnait souvent la chanson : « J'ai deux amours ; Mon pays est Paris ! » Elle lui correspondait tellement !

Le dimanche après-midi, ils se promenaient dans les jardins publics de la capitale, dans le parc de Saint Cloud, ou prenaient le train pour se rendre à Versailles. Hans visitait les principaux monuments de Paris, entre autres, Notre Dame, le Louvre, l'Arc de Triomphe, la tour Eiffel, les Thermes Romains de Cluny etc… Il goûtait la douceur de la vie parisienne, appréciait sa culture la plus nuancée dans tous les domaines. A travers ses différentes visites, il accroissait ses connaissances sur la France, sur l'histoire de ses rois, de la Révolution et de l'Empire. Cet humanisme, l'expression de la justice et de la liberté, lui donnait l'impression de mieux comprendre son pays d'adoption. Il se sentait de plus en plus Français ! Il appréciait beaucoup la lecture des auteurs classiques : Victor Hugo, Zola, Flaubert, Stendal, Balzac. Il connaissait par cœur certaines fables de La Fontaine, déclamait du Rimbaud, du Verlaine, du Baudelaire etc.

Chaque soir, dans sa chambre du sixième étage de la rue Cavalotti, il découvrait une œuvre, un auteur de la littérature française… Il voulait tout connaître de la France, de sa culture, de sa civilisation…

Il avait auparavant clarifié sa situation en obtenant le statut de réfugié politique.

La préfecture de Paris, dans sa grande mansuétude, avait créé un bureau spécialisé dans l'accueil des réfugiés en provenance d'Allemagne. Hans se décida de lui rendre visite. Nous étions en septembre 1933. Son sauf-conduit était périmé. Il avait constitué un dossier en « béton », attestation de domicile, attestation de l'employeur etc.

Hans fit le pied de grue pendant au moins une heure dans la salle d'attente. De nombreux compatriotes étaient là, jargonnant un Français incompréhensible. Hans eut de la peine à leur parler

Allemand. Il n'avait pas encore tout à fait oublié sa langue maternelle… Il le fit en se forçant…

Enfin, ce fut son tour. Une jeune femme, énervée, impatiente et revêche l'accueillit. Quand Hans prit la parole dans un Français parfait et en essayant d'atténuer son reste d'accent, elle se radoucit et lui sourit…

- Enfin, quelqu'un avec qui, je peux communiquer normalement ! Je m'use les nerfs avec les incompréhensions, les quiproquos… Depuis mars, nous avons constitué les dossiers de sept mille trois cent quatre « proscrits » allemands ! Vous vous rendez compte ? Les services de la Préfecture estiment à deux mille cinq cents, ceux qui ont décidé de vivre sans papier, de peur d'être expulsés ! Bien ! Votre dossier me parait complet ! Veuillez repasser dans un mois pour retirer votre carte de réfugié.

Darmitt remercia la digne représentante de cette France accueillante et s'enfuit bien vite pour ne pas voir plus longtemps la misère de beaucoup de ses compatriotes qui paraissaient égarés comme échoués d'un naufrage soudain…

22

Hans ne s'occupait pas de politique. Elle était synonyme pour lui de disputes, de violences, de rixes et de blessures… Les nazis lui en avaient donné durablement le dégout. De plus, la jolie secrétaire de la préfecture lui avait fait signer un imprimé qui stipulait qu'il respecterait les lois de la République Française et qu'il s'engageait à ne pas faire de politique.

Il fut cependant satisfait de la victoire électorale du Front Populaire en mai 1936. La gauche française, contrairement à l'allemande, avait su s'unir devant la peur du « fascisme ».

L'origine de cette peur était la montée des dictatures partout en Europe et aussi la grande manifestation de l'extrême droite française du six février 1934 dirigée par l'action française, les croix de feu, les jeunes patriotes, qui tourna à l'émeute et dont l'objectif était de s'emparer de l'Assemblée Nationale. La base de la gauche française, prit peur et se mobilisa spontanément pour réclamer à corps et à cris l'union des partis de gauche… pour empêcher les « fascistes » de s'emparer du pouvoir comme en Italie ou en Allemagne.

Au décours de la victoire du Front Populaire, Hans pensa : « Les Français sont moins bêtes que les Allemands ! Ils ont su s'unir contre les démons ! Si un vrai front antifasciste avait su se constituer en Allemagne, nous n'en serions pas là avec cette marionnette lamentable et haineuse qui exhorte ses affidés à tuer tout ce qui n'est pas de la race pure, la race germanique ! »

Quand le vingt-sept mai 1936, les ouvriers de l'atelier d'engrenage se mirent en grève, Hans, penché sur ses épures de bielles du moteur de quinze chevaux, sourit. Les conflits à l'usine Citroën étaient fréquents et se résolvaient en quelques jours.

Le lendemain, il se rendit à l'atelier des pièces détachées avec ses plans. Il contacta les meilleurs ajusteurs pour qu'ils lui fabriquent les six bielles destinées à la nouvelle Traction Quinze…

- Désolé, nous sommes en grève… lui répondit un syndicaliste….

- Je comprends et respecte le droit de grève. Mais, je vous demande de me fabriquer ces pièces. La conception de la « Quinze » a pris du retard, et la Marque a besoin de ce nouveau modèle pour relancer les ventes…

- Non, nous sommes en grève avec occupation des usines… Il n'y aura aucune dérogation tant que la direction fera la sourde oreille à nos revendications.

L'homme commençait à s'échauffer. Hans n'insista pas. Il était déçu de se heurter à un mur implacable… qui lui rappelait de bien mauvais souvenirs. Il prit sa veste et rentra chez lui.

Il revint le lendemain avec plein d'espoir dans le cœur… Pour lui, ce n'était pas possible que les grands projets se figent à cause d'un conflit passager. C'était un matin de printemps. Les oiseaux chantaient dans les arbres le long de la Seine. Un rayon de soleil se glissait au-dessus de leurs cimes. Hans pensait qu'une belle journée s'annonçait… Qu'il irait bien faire un tour dans la forêt de Saint Cloud avec Marie-Ange… Ce n'était pas le genre de journée à donner à un patron ! Cependant, le devoir l'attendait : Mettre au point ce nouveau moteur pour couper l'herbe sous le pied aux marques concurrentes…

En approchant de l'usine, Une tranquillité anormale régnait… Quel était donc ce silence ! En s'approchant, il vit un drapeau rouge flotter au-dessus de la porte principale.

- Oh ! la ! la ! Tout se complique, se dit-il…

Les piquets de grève en bleu de travail arrêtèrent le col blanc qu'il était :

- Camarade, c'est la grève ! Personne ne travaille…

Le sang de Hans se figea. Il n'aimait pas qu'on l'appelle « Camarade ! » Les S.A de sinistre mémoire, abusaient du « Kamerad » par-ci, du « Kamerad » par-là ! Il se calma… Il réfléchit : « C'est différent, disent-ils… Je vais les croire ! » Il changea d'attitude :

- Bon ! Puis-je me joindre à vous ? Occuper l'usine avec les collègues ?

- Bien sûr…

Ils se poussèrent pour le laisser entrer. Le grand hall était silencieux. Tout était rangé et propre. A l'endroit même où il y a quelques jours, régnait la fébrilité, le bruit, le tintamarre des machines, le chantier, presque le chaos, tout était ordonné, propre et silencieux. Dans l'allée centrale, des tables avaient été dressées sur des tréteaux. On y jouait à la belote pour passer le temps. Des paniers repas étaient rangés dans un coin.

Hans serraient les mains des gars qu'il connaissait, les mécanos, les ajusteurs, mais aussi d'un tas d'autres ouvriers dont il ignorait l'existence. Il entendait parfois dans son dos :

- Qui est ce col blanc ?

- Un réfugié allemand antifasciste !

- Ne serait-il pas envoyé par la direction ?

- Non ! Je t'assure, c'est un Allemand qui sait trop bien ce que c'est que les fachos ! Un ingénieur sympa et compétant !

Il s'assit avec les ajusteurs et les mécanos de sa connaissance. Ils l'interrogèrent longuement sur le nouveau moteur de la traction quinze. Hans était dans sa partie :

- En fait c'est un moteur de seize chevaux. Avec un tel moteur la traction va atteindre des vitesses inégalées. Cent trente sur route, cent cinquante sur piste ! Avec sa légendaire tenue de route, la Traction Quinze sera longtemps la voiture de luxe française la plus sûre et la plus prisée… Je suis fier, avec vous tous, de travailler à l'élaboration d'un tel bijou de technicité et de mécanique !

- Nous aussi, on voudrait bien avoir une traction pour partir avec « bobonne » et les enfants en week-end ou en vacances… Pour l'instant, nous travaillons pour les riches !

- Oui ! La traction sera bientôt à des prix abordables. Les chaînes de montage sont destinées à rationaliser les tâches et à diminuer les coûts. Henri Ford a nettement diminué le prix de ses voitures aux U.S.A et désormais les ouvriers viennent travailler avec les voitures qu'ils fabriquent… C'est aussi l'ambition de la maison Citroën !

A quinze heures, le leader de la Fédération des syndicats CGT de la métallurgie de la Seine venait exhorter les adhérents à poursuivre leur mouvement. Pour cet évènement exceptionnel, on avait dressé une grande estrade dans l'allée principale de l'usine.

Le leader arriva à l'heure précise. Il était entouré de son secrétaire et de tous les délégués des différents ateliers de Citroën. Tous les ouvriers étaient présents. Une foule immense se pressait devant l'estrade. On réclama le silence. Quand on entendit une mouche volée, le leader prononça d'une voix forte et mâle dans le haut-parleur :

- Camarades !

Hans se boucha les oreilles ! Comme il n'aimait pas les discours martiaux, mobilisateurs, avec forcément des boucs-émissaires… Toujours est-il que le leader commença par un bilan des grèves. D'abord, toute la métallurgie française était en grève, et le mouvement s'étendait dans le textile, la chimie, l'industrie pétrolière, l'industrie alimentaire. Bref, le patronat ne pouvait plus ignorer l'étendue, la cohésion, la force du mouvement et sera obligé de négocier. Il établit ensuite la liste des revendications prioritaires :

- La semaine de travail ramenée de quarante-huit heures à quarante heures.

- Quinze jours de congés payés par an et pour tout le monde.

- La reconnaissance de la section syndicale d'entreprise et l'établissement de conventions collectives.

- Une augmentation généralisée des salaires de quinze pour cent.

Il termina en renouvelant sa confiance dans l'unité syndicale et de la classe ouvrière pour faire plier le patronat et informa la base qu'une première entrevue de négociations était prévue à dix-huit heures avec Pierre Michelin, P.D.G des usines Citroën.

A ces mots, des applaudissements enthousiastes éclatèrent. On entendit des bravos et des hourras !

L'orateur souriait ; il avait été à la hauteur de sa tâche ; la base restait mobilisée ! Il s'éclaircit la voix et demanda :

- Y-a-t-il des questions ? Des demandes de précisions ?

Il allait partir satisfait, son entourage le félicitait déjà… Quand Hans leva la main… Le leader se pencha, magnanime :

- Oui, quelle est votre question ?

- Je voudrais m'adresser à l'assistance un court instant…

- Bien sûr ! Venez ! Montez sur l'estrade et prenez le micro !

Hans monta sur l'estrade. Il était ému. C'était la première fois qu'il s'adressait à une assemblée si nombreuse. Il se sentait investi d'une mission !

- Voilà, je me présente : je suis Hans Darmitt… Beaucoup me connaissent ici. Je travaille au bureau d'études. Je suis un réfugié politique allemand. J'ai dû fuir mon pays parce que les nazis sous l'emprise de leur terrible dictateur, arrêtent tous les opposants politiques ou syndicalistes, et tous ceux qui s'opposent à eux d'une manière ou d'une autre. Les nazis sont capables de bastonner en pleine rue des gens de couleur, des juifs ou toute personne qui aurait été irrespectueuse envers Hitler !

On entendit parmi la foule une voix forte crier :

- En quoi cela nous concerne-t-il ? On est en France !

Hans leva la main et continua :

- S'il vous plait… J'y viens ! Adolf Hitler, dans la plupart de ses discours haineux, fustige la France… Il parle du honteux traité de

Versailles voulu par la France, des ennemis héréditaires que sont les Français, d'espace vital nécessaire à l'Allemagne... Bref, Hitler veut sa revanche. Il militarise la jeunesse allemande, fabrique des avions de guerre et des chars d'assaut et vous... mes chers amis... Vous voulez partir en vacances, vous voulez des loisirs, une vie confortable... Vous avez certainement raison ! Voyez-vous la différence entre une jeunesse fanatisée défilant en uniforme le bras tendu pendant cinq heures dans la nuit glaciale du trente janvier 1933, jour de l'investiture d'Hitler, à Berlin, et vous qui ne pensez qu'à vos loisirs, qu'à vos congés payés ? Où est l'erreur ?

A ses mots, une clameur désapprobatrice monta de la foule.

- Hou ! Hou ! entendait-on de tous côtés.

- Quel est cet hurluberlu ?

Hans ne se laissa pas dévier de la mission qu'il s'était assignée. Il reprit courageusement sous les huées :

- Je sais ! Cette mise en garde, vous ne voulez pas l'entendre. Pourtant le danger est réel. Hitler persuade les Allemands qu'ils sont de la race supérieure et veut transformer le reste des Européens en esclaves...

Il insista :

- Les nazis veulent faire de vous des esclaves ! « Deuschland über alles » est leur slogan...

La foule nullement impressionnée par ces propos se déchaîna... On entendit :

- C'est un suppo du patronat !

- C'est un jaune ! Un briseur de grève !

D'autres propos plus méchants fusèrent :

- Sale Boche… Rentre chez toi !

- On va te renvoyer dans ton pays… et par la peau du cul !

Quelques projectiles passèrent tout près des oreilles de l'orateur.

Un des dirigeants jugea bon t'intervenir sans tarder. Il arracha le micro des mains de Hans et dit :

- Nous remercions le camarade Darmitt pour ses mises en garde… Nous y réfléchirons ! Nous espérons que ses opinions pessimistes sont loin d'être réelles ! L'incident est clos. Un accordéoniste va nous jouer des airs à la mode dans l'allée centrale. Vive la grève et son syndicat C.G.T !

Un autre délégué mit sa main sur l'épaule de Hans :

- Le mieux est que tu partes… Ils vont te lyncher si tu restes…

Ils descendirent de l'estrade. A son pied, quatre armoires à glace du service d'ordre de la C.G.T l'attendaient :

- Viens, camarade, nous allons te raccompagner jusqu'à la sortie…

Hans se laissa entraîner. Il entendait encore la foule le conspuer derrière lui. Il était déçu… Il avait envie de pleurer… Personne ne comprenait ses mises en garde. C'était pourtant la réalité, la lamentable réalité…. Même ce syndicat qui affichait sa combativité… « Il est certain qu'il est plus facile de se battre contre des pacifistes, des dirigeants dans leurs bureaux qui ne pensent qu'à leurs bénéfices » se dit-il… « Bon, j'ai eu tort… Je suis comme Cassandre… Personne ne veut m'entendre ! Je rentre chez moi et j'oublie ! »

Il faisait beau. Un soleil printanier dardait ses doux rayons. Il eut envie de flâner sur les quais de la Seine. Il marchait d'un pas nonchalant, les jambes coupées, les épaules affaissées sous le poids de l'insupportable incompréhension humaine, l'insoutenable légèreté de ses collègues...

Il s'engagea sur le pont Mirabeau. Sous ses pieds coulait le fleuve majestueux qui avait fait de Paris la capitale de cet admirable pays. Le soleil irisait ses eaux calmes. Il lui revint à l'esprit :

« Sous le pont Mirabeau coule la Seine

« Et nos amours, faut-il qu'il m'en souvienne… »

Ces vers d'Apollinaire étaient pour lui comme un baume au cœur. Ils pansèrent son vague à l'âme.

La dure réalité de la condition humaine le réveilla soudain de ses songeries. Il entendit des pas précipités qui couraient derrière lui. Il se retourna. Ils étaient quatre qui paraissaient le poursuivre… L'un d'eux cria :

- Arrête-toi si tu es un homme !

Il attendit. « Je connais déjà ça. Des souvenirs anciens ! Essayons de discuter pour les ramener à la raison ! Voilà de la bagarre en perspective, » se dit-il.

- Qui es-tu, toi le « boche, » pour vouloir casser la grève ?

- Espèce de salaud, dit un autre…

- Non, la question n'est pas ça… répondit, Hans. Je suis pour le droit de grève ! J'ai cru de mon devoir de vous avertir du danger nazi !

Ils ne voulurent pas entendre.

- Tu vas voir, ce qu'on leur fait aux jaunes !

Le moment n'était plus à la discussion. Hans sourit en sortant les mains de ses poches. Il savait qu'une bagarre l'attendait. Il n'avait pas peur, connaissant à fond sa partition… N'avait-il pas été ceinture noire ? Il en avait eu l'expérience plusieurs fois à Hambourg avec les S.A.

- On va te casser la gueule, ça t'apprendra à mettre le doute dans la tête des militants…

Le premier arrivant se rua sur Hans. Ses notions de judo revinrent au galop… Il esquiva l'attaque, envoya sa jambe droite dans les pieds de son adversaire qui rejoignit un peu trop rudement les pavés du pont Mirabeau… Cette esquive fit réfléchir ses trois autres agresseurs qui se regroupèrent en le menaçant… Hans, certain de sa force, avisa le plus léger, lui saisit un bras et, dans une prise mille fois répétée en salle avec des tatamis pour amortir la chute, le fit pivoter par-dessus son dos. Celui-ci s'écrasa durement sur le côté droit. On entendit un bruit mat suivi d'une plainte aigüe :

- Aïe ! Tu n'es pas fou ?

Hans s'écarta de l'encerclement. Sonné, l'homme à terre ne se relevait pas. Les autres craignirent qu'il eût un membre de casser.

- Tu n'es pas fou ? Répéta l'un de ses compagnons, resté debout. Tu lui as cassé le bras !

Hans était chagriné :

- Désolé ! Je n'ai fait que de me défendre ! C'est ainsi que je me suis battu plusieurs fois contre les S.A à Hambourg ! Je n'ai pas perdu la main !

L'autre se relevait péniblement, en grimaçant, entouré par ses trois camarades. Il bougeait son bras endolori…

Hans en profita pour s'éloigner à grands pas. Ses adversaires malheureux s'en tiraient avec quelques hématomes…

Après trois cents pas, Darmitt contrôla qu'il n'était pas poursuivi…

- Personne ! Ouf ! Je m'en suis bien tiré ! Ils ont compris la leçon, se dit-il…

23

Marie-Ange n'était pas dans sa loge. Il la rencontra sur le palier du quatrième étage. Elle distribuait le courrier.

- Déjà ! Ta journée est finie ?

- C'est la grève…

- Oui, ils en parlent à la radio… C'est la grève partout… Chez Renault aussi, Bréguet, Bloch à Courbevoie etc… Partout. Il n'y a que moi qui travaille !

Elle éclata de rire…

Ce rire répandit dans les artères de Hans une lueur d'optimisme et de bonheur. Après tout pourquoi se remuer le sang pour l'inévitable ? Qui était-il pour vouloir changer la mentalité et le destin d'une nation ? Son envie de pleurer et de s'enfuir cessa…

Elle avait tout compris de son vague à l'âme… Elle lui dit :

- Va te remettre dans ta chambre… Je finis de distribuer le courrier et j'arrive pour te donner un baiser…

Il s'allongea sur son lit… Son pessimisme revint bien vite. Il pensait : « Il n'y a pas de solution ! Je dois vivre avec ce fardeau, ce déshonneur d'être allemand et cette crainte, cette peur de voir un jour les nazis, les S.S et les S.A envahir l'Europe et la France… Le pire est que je n'y peux rien ! »

Il se tutoya : « Alors, vis dans l'instant présent, vis le bonheur de l'instant… Tu verras plus tard. »

Marie-Ange ne tarda pas à frapper à sa porte. Elle avait un monceau de bottes secrètes pour rendre un homme heureux… Et Hans en profita… C'était sa manière d'oublier ses soucis…

Quand elle se rhabilla, elle lui dit :

- Pourquoi l'une des dignes concierges de la rue Cavalotti, ne se mettrait pas en grève, elle aussi ? Ecoute, passe me prendre tout à l'heure et sortons ensemble ! Je vais me préparer.

Elle avait mis ses plus beaux atours. Ils descendirent la rue de Clichy, passèrent devant la gare Saint Lazare, puis flânèrent sur le boulevard des Italiens. La façade du Grand Café, ses lumières et ses néons, les attirèrent… L'occasion de goûter au champagne s'imposait… L'un et l'autre n'en avaient jamais bu.

Le champagne et l'excellence du repas délièrent la langue de Marie-Ange. Certes, elle n'en avait pas vraiment besoin, elle qui trouvait toujours un commentaire hilarant à tous les évènements imprévus de l'existence :

- Ecoute Hans ! Tu es jeune encore… Vingt-neuf ans, je crois ! Tu ne vas pas rester toute ta vie dans ton sixième étage ! Tu mérites mieux, mon technicien-ingénieur ! En plus, sortir avec une femme plus âgée - de quarante ans ! – une Doudou qui ne peut t'offrir d'avenir. Il faut que tu évolues, que tu fondes une famille avec une jeune femme qui pourra te donner des enfants. Moi, je ne peux plus en avoir à cause d'une sale histoire d'avortement à seize ans qui a mal tourné… C'était à la Martinique… Je t'en ai déjà parlé… C'est bien… parce qu'on peut faire l'amour sans faire attention ! A ton âge, ce n'est pas suffisant !

Elle rit longuement…

- A ton âge, on fonde une famille. Il te faut une jeune femme qui pourra enfanter des petits Hans, tout mignons, encore plus beaux que toi !

- Oui, je pense à tout ça… J'aimais mon travail… Avec la déception de cette après-midi, je crois que je n'aurais plus le feu sacré pour chercher et innover… Et, puis les moteurs, je commence à en avoir assez… et de cette atmosphère viciée par les gaz d'échappement ! J'ai envie de partir ailleurs… de découvrir autre chose… La France est si belle et si vaste ! J'en ai marre de Paris ! Trop de bruit ! Trop de gens pressés ! A moi la nature, la campagne, l'espace et l'air pur, loin des gaz d'échappement des moteurs à quatre temps !

- Oui ! Hans ! Repars à l'aventure… Tu m'as rendue heureuse… Il ne faut pas t'arrêter là… Ne t'en fais pas pour moi… Les hommes - je ne sais pas pourquoi - sont tous à mes pieds… C'est le choix qui est difficile ! Quelquefois je me trompe ! Ils ne sont pas tous comme toi, charmants, respectueux et galants !

Elle rit de sa trouvaille !

Ils rentrèrent dans la loge. Hans se surpassa. On entendit de petits cris étouffés dans toute la rue Cavalotti jusqu'à une heure avancée de la nuit…

Ils se réveillèrent tard. En buvant son café, Marie-Ange riait encore :

- Eh ! Bien toi, dis donc, mon doudou ! Ouille ! Ou-ouille-ouille… Je vais perdre le meilleur amant de ma vie ! Sûr que je te regretterai… C'est ainsi, il faut évoluer mon Hans, chéri !

Hans monta au sixième étage rassembler ses affaires dans un balluchon.

- Garde-moi la chambre pendant un mois. On ne sait jamais ! Voici le montant du loyer…

Il partit sans se retourner. En débouchant sur la place Clichy, il essuya une larme qui avait perlé à chacun de ses yeux… Il aimait cette femme avec toutes ses qualités de simplicité, de dignité, de générosité !

Il suivit le boulevard. Il était indécis… Il abandonnait Paris, la ville où avaient déambulé Balzac, Zola, Hugo et bien d'autres, sans oublier Jaurès, celui qui avait tenté de sauver la paix ! Il s'en allait à la campagne découvrir la vraie France, la France profonde ; il ne se hasarderait pas à dire qu'il partait « en province » comme les Parisiens un peu snob.

Comment quitterait-il cette capitale prestigieuse qui avait tant nourri ses rêves ?

En arrivant, dans le quartier « Jean Jaurès, » la gare des cars Citroën lui tendit les bras. Il s'engouffra sous le métro aérien. L'un d'eux était en partance le long du quai, rempli de voyageurs. Le chauffeur mit le moteur en marche. Darmitt lut sur son fronton : Beauvais…

- Pourquoi pas ? se dit-il… Allons découvrir cette ville…

Il escalada les trois marches, paya son billet et alla s'assoir sur la banquette arrière…

Il regardait par la fenêtre le paysage défiler sous ses yeux dans un demi-sommeil. Il avait confiance… Où donc sa bonne étoile allait-elle l'emmener ?

Au bout d'une heure trente d'un parcours cahotant, son impatience se manifesta. Il eut comme une envie de bouger. Le car s'arrêta devant un bar-tabac. Des passagers descendirent et Hans leur emboita le pas.

Le bourg lui parut d'emblée sympathique. Était-ce le soleil printanier, l'activité des habitants dans la rue commerçante ou la rassurante place du village avec sa mairie et son église romane ?

En parcourant ses rues, Hans sentit que dans ce bourg tout était conçu pour y vivre tranquille et heureux… Les passants qu'il croisait sur le large trottoir, le saluaient déjà. Certains lui souriaient comme s'il était du pays… S'il s'implantait là, il avait la prémonition qu'on lui dirait bientôt : « Tu es l'un des nôtres ! » Dans le fond de son cœur, c'était son unique ambition…

Tout naturellement, son estomac le dirigea vers la boulangerie… Une petite annonce était épinglée près de la caisse. Madame Honney offrait une chambre à louer… En plus de l'achat d'un casse-croûte jambon-beurre, il écrivit la précieuse adresse sur son petit calepin à couverture noire.

24

Il était tard dans la nuit quand Hans termina son récit. Jeanine avait écouté chaque mot. Elle se montra intéressée par chaque détail, intriguée, indignée par les agissements impensables des nazis, admirative devant la clairvoyance, la volonté, la force de caractère dont avait fait preuve l'homme qu'elle aimait et qu'elle désirait encore plus épouser…

- Voilà, maintenant… Tu sais tout… Je pense n'avoir rien oublié ! dit-il à une Jeanine subjuguée !

Il se tut un instant, avala sa salive et ajouta :

- En résumé… Je suis un réfugié allemand, antifasciste… qui aurait préféré naître Français, et que les hasards de la géographie ont fait naître à Lübeck, ancienne ville hanséatique de l'Allemagne du Nord ! Si tu ne changes pas d'avis à cause de ce curriculum vitae - et tu as le droit de prendre du temps pour réfléchir - je suis l'homme qui t'aime et voudrais vivre avec toi pour le meilleur et pour le pire…

Jeanine ne réfléchit pas une minute. Elle lui sauta au cou en déclarant :

- Hans, tu es l'homme de ma vie ! Je me fous des contraintes géographiques, Allemand ou Alsacien, c'est toi l'homme que j'épouserai !

25

La vie leur paraissant trop courte pour attendre la possibilité d'un bonheur futur, ils décidèrent de vivre ensemble immédiatement dans le logement de fonction de la receveuse des postes. Ils savaient que leur mariage prendrait du temps, qu'il faudrait vaincre les réticences de la famille de Jeanine, les difficultés administratives et même les préjugés religieux tandis que les nuages géopolitiques s'accumulaient de l'autre côté du Rhin…

Madame Honney fut la première informée. Quand Hans passa prendre ses affaires, elle l'accueillit avec son sourire habituel et sa bienveillance vis-à-vis d'un jeune homme qui a découché :

- Je ne vous ai pas entendu rentrer cette nuit, mon cher Hans !

Ses yeux pétillèrent de malice !

Le plus naturellement du monde, Hans lui fit part de sa décision de partager désormais sa vie avec la belle postière…

Hélène manifesta sa déception :

- Ainsi je perds d'un seul coup celui qui embellissait ma vie… Il est certain que cette « Jeanine » que je ne connais que de vue, a des arguments que la morale ou les préjugés ont interdit à une veuve de guerre… d'utiliser. Néanmoins, je vous félicite, Hans ! Vous voulez fonder une famille et vous avez raison… C'est la voie de votre avenir… Venez un dimanche après-midi me la présenter. Nous prendrons un thé ensemble et je ferai plus ample connaissance avec cette jolie femme qui a su si vite vous séduire…

Jeanine informa ses parents, monsieur et madame Louis Lesieur, qu'elle voulait se marier avec Hans sans dire qu'il était Allemand, détail qui les aurait braqués, surtout son père. Celui-ci, fonctionnaire au ministère des armées, avait servi dans l'Etat-Major de Maréchal Joffre pendant la grande guerre. Il était toujours plein de mépris à l'égard de ceux qu'il appelait toujours les « Boches. » Pour cet homme, la pilule serait dure à avaler !

Aussi les fiancés décidèrent-ils de procéder en plusieurs étapes… Jeanine pensait qu'il fallait les habituer… Peut-être s'attacheraient-ils à leur futur gendre… Son origine, sa nationalité ne leur seraient dévoilées qu'en dernier…

Hans leur fut présenté. Le père s'étonna de son accent, mais ne broncha pas devant la maitrise du Français de son futur gendre. Son allure, sa correction, sa politesse furent d'emblée appréciés, ainsi que son ex-métier d'ingénieur chez Citroën. Monsieur et madame Lesieur étaient fiers de la traction qu'ils venaient d'acquérir et dont ils vantaient la fiabilité, la tenue de route et la robustesse !

Quand le dimanche suivant, Louis Lesieur demanda quel serait le futur nom de « dame » de sa fille, elle répondit crânement : Darmitt ! Celui-ci ne cilla pas dans un premier temps, ne laissant pas voir sa crainte… Après un long silence, il demanda :

- Darmitt ? C'est bizarre ! Je ne connais pas d'autres Darmitt ! Quelle est l'origine de ce patronyme ?

- C'est un nom allemand !

- Alors… Hans serait-il Allemand ?

- Oui ! C'est vrai ! Mais, en m'épousant… il deviendra Français !

Jeanine reprit l'histoire détaillée de son fiancé à laquelle celui-ci ajouta quelques détails et commentaires….

Louis Lesieur s'assombrit… C'était dur ! Que dire ? Rien ! Le mieux était de se taire ! La paix n'avait-elle pas été signée ? Il écoutait d'une oreille distante les explications de sa fille… Il se réveilla de sa prostration quand Hans souligna la folie et la dangerosité du nazisme… On sombra dans la géopolitique et les discussions prospectives…

- Vous pensez vraiment qu'Hitler veut sa revanche ?

- Malheureusement… Oui ! La jeunesse allemande est embrigadée, endoctrinée, militarisée à outrance avec les slogans nazis les plus fous dans laquelle la France est souvent nommée ! Bien qu'Allemand, ne me prenez pas pour un ennemi de la France… L'humanité entière dont je fais partie, devra se battre contre cette peste brune jusqu'à ce qu'elle disparaisse… Des heures sombres nous attendent… J'en suis persuadé !

- Pour vous la guerre est inévitable ?

- Si Hitler reste, oui… Qui pourrait le déloger ? Il s'est arrogé tous les pouvoirs et manipule une horde de fous que rien ne peut ramener à la raison ! Savez-vous que cette jeunesse fanatisée, les S.A peuvent détériorer la devanture d'un magasin juif, agresser des gens en pleine rue sous prétexte qu'ils s'opposent au parti national-socialiste, en toute impunité et avec la bienveillance des autorités ? De même la police politique, la Gestapo, peut arrêter sur simple dénonciation tous les opposants qu'elle veut !

Dès lors, Louis Lesieur adopta son futur gendre. Ces révélations que, même au ministère des armées, on minimisait, l'empêchèrent de dormir !

Hans et Jeanine ne tardèrent pas à se rendre à la mairie pour constituer le dossier officiel de leur mariage. Le secrétaire remplit les imprimés et mentionna qu'il fallait adjoindre un extrait de naissance pour valider ce dossier et rendre la cérémonie possible. Pour Jeanine, ce n'était qu'une formalité. Hans s'en trouva chagriné…

Bien sûr, il suffisait d'écrire à la mairie de Lübeck pour l'obtenir. Il ne voulait pas que les autorités du Reich connaissent son adresse en France… Il considérait que la frontière le protégeait insuffisamment des S.A et autres S.S. On racontait parmi les réfugiés qu'en Allemagne, on enlevait des opposants en pleine nuit et qu'ils disparaissaient définitivement. Sa tranquillité dépendait de son anonymat parce qu'il pensait que les nazis étaient capables d'exploiter la moindre information et même d'envoyer des sbires jusque chez lui.

Il imagina écrire à sa mère… C'était une occasion de prendre de ses nouvelles en postant la lettre de Paris, et de donner pour la réponse son ancienne adresse rue Cavalotti. Il savait que le courrier était surveillé et que les lettres en provenance de France, étaient systématiquement ouvertes.

Hans retourna voir Marie Ange dans sa loge. Elle l'accueillit avec son sourire habituel :

- Comment vas-tu, mon chéri ? Depuis combien de temps, es-tu parti ?

- A peine deux mois !

- Comme le temps passe ! Tu as déjà trouvé une jeune femme pour te marier ? Comme tu vas vite ; ça ne m'étonne pas ! Un si bel homme ne peut rester libre bien longtemps ! Pour ma part, j'ai retrouvé aussi quelqu'un ; il dort dans la chambre à côté parce qu'il répare les voies du métro la nuit ! C'est aussi un étranger…

Elle rit…

- Un Allemand ?

- Non, j'aurais peut-être préféré… Non, un Guadeloupéen !

Elle rit devant la mine déconfite de Hans…

- C'est pour rire ! Nous, les Martiniquais on considère les gens de la Guadeloupe comme des étrangers… pour plaisanter, bien sûr…

- Ouf ! Tu m'as fait peur !

Ils rirent de bon cœur.

Elle était contente de pouvoir lui rendre service en recevant son courrier d'Allemagne.

Deux mois après, Jeanine et Hans purent porter leurs actes de naissance à la mairie.

Monsieur et madame Lesieur auraient aimé, pour le mariage de leur fille unique, une cérémonie religieuse.

Ce fut impossible… Hans étant protestant – luthérien, ce qui était peut-être pire - et Jeanine catholique. Le curé de Sainte Geneviève fut si exigeant qu'ils préférèrent renoncer… Hans eut beau expliquer qu'il priait le même Dieu, que c'était le même Jésus Christ qui était né à Noël et avait été mis en croix le vendredi Saint ! Non, pour d'obscures raisons, ce fut impossible…

De toute façon, Jeanine et Hans n'avaient aucune conviction religieuse….

Hans était persuadé que les religions, les langages comme les frontières, en mettant des barrières entre les hommes, favorisaient les haines, les querelles et les guerres…

Après ces difficultés qui augmentèrent leur détermination et leur amour, ils se marièrent le dix-huit novembre 1936, seulement quatre mois après leur coup de foudre. Un bal musette fut donné en leur honneur dans la salle de bal de l'Escapade, là où ils s'étaient rencontrés, là où ils avaient dansé l'un contre l'autre pour la première fois. Tout le village était convié… et presque tout le village était présent.

Quand les musiciens firent une pause, Hans monta sur la scène et déclara :

- C'est un grand jour que nous fêtons ensemble ! Je suis heureux, aussi, par mon mariage avec Jeanine, d'être devenu Français !

Il fit une pause et reprit :

- D'être Français comme vous tous… Non seulement, aujourd'hui, j'ai épousé Jeanine par amour, et j'ai aussi épousé cette France des libertés… La France du droit et de la justice… Vous ne savez certainement pas la chance que vous avez d'être né dans le pays de Voltaire et d'Hugo ! Moi, je la sais, je la connais… votre chance ! J'aurais aimé naître en France, moi aussi… Aujourd'hui mesurez mon bonheur ! Je ne suis plus un réfugié apatride… Je suis un Français… je le répète… tout comme vous ! J'espère que tout le monde ici me considérera comme son concitoyen à part entière, comme l'un des vôtres ! Merci à tous… Que la fête continue…

Un tonnerre d'applaudissements salua cette courte allocution !

Le village dansa jusqu'à une heure avancée de la nuit en l'honneur de l'union de Jeanine et de Hans, d'une Française et d'un Allemand… Ils dansèrent d'autant plus qu'il représentait du fond de leur cœur la grande beauté de cette alliance… Ils avaient osé fonder une famille binationale, transfrontalière…. Européenne. Ce n'était pas insensé bien qu'on aurait pu le croire dans le contexte politique de l'époque… C'était tout simplement superbe ! Comme tout le monde auraient voulu que cette noce fût le symbole de l'amitié, de l'entente, de l'alliance entre deux pays : La France et l'Allemagne ! Hélas ! O ! Si seulement en haut lieu, on avait su suivre leur exemple…

Ce n'est que l'été d'après en août 1937 qu'ils partirent en bicyclettes camper au bord de la mer, au Tréport. Ce fut leur voyage de noce…

26

Leur désir le plus cher était d'avoir des enfants. Jeanine fut bientôt enceinte. La naissance était prévue pour janvier 1938.

Hans pensa que le logement de fonction serait trop exigu pour y loger sa famille. Leurs salaires leur permettaient d'acheter une maison. Il la trouva le long de la route nationale. C'était une maison paysanne, à l'ancienne, assez vaste, de plein pied, avec cave et grenier. Une grange aux multiples fonctions avec une porte cochère gigantesque la jouxtait. On accédait à l'entrée principale de la maison en montant un perron de trois marches. Un vaste jardin entouré d'une palissade, était situé à l'arrière et donnait sur des prairies appartenant à un fermier des environs.

Cette maison leur parut idéale pour loger leur famille. La petite Claudine naquit dans ce lieu le cinq janvier 1938. Hans, toujours par souci d'intégration, voulut qu'elle fût baptisée à l'église au mois de juin.

Tout se passait bien pour la jeune famille Darmitt. Ils étaient heureux dans ce village. Le dimanche, ils se promenaient dans la campagne environnante jusque les grandes allées du bois de Noailles. Ils ne manquaient jamais de s'arrêter pour bavarder avec les passants et les gens du village.

Hans avait un ami, Georges, un collègue avec qui il travaillait à l'usine. Celui-ci l'initia à la vie de la campagne aussi bien à la cueillette des champignons qu'au jardinage. Darmitt devait se perfectionner dans cette discipline, passe-temps favori des gens du peuple de cette époque. Il existait une saine émulation entre les collègues de l'usine. C'était à celui qui récolterait les plus beaux légumes, le premier dans la saison. On échangeait des conseils et des recettes pour parfaire ses notions d'horticulture afin d'obtenir d'abondantes récoltes.

Hans se souvenait des pénuries de nourriture dans son enfance en Allemagne pendant la guerre et même après. Il désirait préserver sa famille de ces privations. Avoir un jardin, savoir le cultiver, récolter les légumes au bon moment, savoir les entreposer pour les conserver jusque dans l'hiver, étaient pour lui la plus sûre des richesses.

Bientôt, sur l'incitation de son collègue, Hans et Jeanine se constituèrent un poulailler, défendu des renards et autres prédateurs par une clôture de forts grillages.

Jeanine insista pour que Hans lui répare les cabanes à lapins tombées en désuétude dans l'immense grange.

Hans avait fondé une famille. Il oubliait chaque jour un peu plus sa germanité. Les gens, les collègues le lui rappelaient de moins en moins, même par inadvertance. Il s'était intégré à la vie villageoise. Il savait que ce bonheur était fragile. Il se sentait des responsabilités et contrairement à son habitude de ne pas s'intéresser à l'actualité politique, il suivait à la radio d'une oreille anxieuse la progression des appétits de l'ogre de Berlin.

Peu après la naissance de Claudine, il y eut le rattachement de l'Autriche, en mars 1938 (l'anschluss). Puis les accords de Munich (septembre 1938) cédèrent les Sudètes et la Tchécoslovaquie tomba peu à peu dans l'escarcelle du Reich... Hans hochait la tête et s'abstenait de tout commentaire. Des cauchemars le hantaient la nuit. Il entendait la gestapo frapper à sa porte, et se réveillait en sueur.

La France et l'Angleterre cédaient parce qu'elles avaient peur de la guerre et de ses abominations. Leurs opinions publiques étaient profondément pacifiques tandis que les nazis préparaient chaque jour les Allemands à mourir pour le grand Reich par des parades militaires et des discours haineux. Hans était conscient de cette différence... La France et l'Angleterre étaient sur la défensive. L'Allemagne accroissait chaque jour sa puissance, fourbissait ses armes pour attaquer... Hitler voulait sa revanche.

Hans le savait. Quand il en parlait à ses amis à l'usine, il se heurtait à un mur d'incompréhension. Hitler n'était pas leur affaire... Il y avait la ligne Maginot pour les défendre et ils la croyaient incontournable ! Les mises en garde répétées de Hans restaient sans effet.

Hans était d'autant plus inquiet pour sa famille. Il devait prévoir, la défendre et la protéger des épreuves à venir.

Les évènements politiques se précipitaient et tandis que la France pensait abriter et protéger son armée et ses hommes derrière la ligne Maginot, le dictateur osait toutes les arrogances.

Le vingt-trois août 1939 le pacte de non-agression germano-soviétique consacrait la neutralité de l'URSS et laissait les mains libres à Hitler du côté de l'Ouest pour attaquer la France et L'Angleterre. Le trente août, l'Allemagne annexait le couloir de Dantzig et la moitié de la Pologne tandis que les Soviétiques occupaient l'autre moitié.

Une nouvelle reculade n'était plus possible. La France et le Royaume Uni entraient en guerre le trois septembre 1939.

Chaque évènement confortait Hans dans l'idée que les nazis seraient bientôt à sa porte, qu'il faudrait pour les vaincre bien plus que la France et l'Angleterre mais l'humanité tout entière. Il savait que le projet d'Hitler « d'espace vital pour le grand Reich » était de piller les richesses des pays conquis et de réduire leurs peuples en esclavage…

27

Tous les hommes de moins de trente-huit ans furent mobilisés. L'effectif à l'usine s'écroula des deux-tiers. Hans était le seul homme « jeune » à n'être pas mobilisé. Il avait trente-deux ans.

Les collègues l'avaient surnommé « le veinard », celui qui restait douillettement avec sa femme tandis qu'eux allaient se faire casser la gueule sur le front. Hans approuvait avec le sourire parce que c'était vrai. Il était une sorte de veinard… provisoire. Il n'avait jamais porté les armes et était bien décidé à rester à l'écart tant il savait que l'issue de ce conflit mondial contre la pire des folies meurtrières, ne dépendait pas de lui, mais de la volonté des peuples libres à combattre le national-socialisme.

Monsieur Magnien avait vieilli et Hans fit tourner l'usine avec un effectif réduit. Son patron, comme la plupart des Français, était persuadé que la guerre ne durerait pas… A la fin de l'année 1939, il consentit cependant à embaucher plusieurs femmes pour continuer à fournir les hôpitaux en thermomètres médicaux.

La France s'installa en position défensive pendant la drôle de guerre. En avril 1940, les nazis envahirent le Danemark, puis la Norvège, pourtant pays neutres. La Hollande, la Belgique et le Luxembourg furent avalés en mai 1940 malgré leur neutralité. Rien ne semblait résister aux raids de la Luftwafe suivis par les divisions blindées.

Le dix mai 1940 commença l'invasion que la France n'attendait pas. Après la percée des Allemands dans les Ardennes et la prise de Lille et d'Arras, l'armée française tenta de constituer une ligne de résistance sur la Somme et sur l'Aisne. La bataille eut lieu du dix-huit mai au huit juin. Elle infligea de lourdes pertes à l'ennemi. Les Français furent finalement obligés de se replier.

Les populations fuient devant l'avancée des Allemands. C'est l'exode. Hans décide sa femme à partir avec ses parents et la petite Claudine âgée d'à peine un an et demi vers Issoire. Dans cette ville d'Auvergne, Jeanine a un oncle et une tante qui peuvent les accueillir. La traction est un moyen confortable de s'y rendre rapidement. Hans, le cœur déchiré les accompagne au car, l'un des derniers à assurer le service entre Beauvais et Paris.

De son côté, Hans n'a pas peur. Il est fataliste. Il préfère rester pour garder sa maison, son potager et son poulailler. Par précaution, il installe un lit dans la cave, descend de l'eau et des provisions, calfeutre le soupirail et renforce la porte. Il se munit d'une pelle et d'une pioche au cas où la maison bombardée s'écroulerait sur lui.

Des centaines, voire des milliers de gens passent devant sa porte du matin au soir, apeurés, ne sachant où passer la nuit, campant sur les places ou dans les pâtures, venant de Belgique, du département du Nord, du Pas-de-Calais ou de la Somme. Certains sont partis avec leurs automobiles, la plupart marchent derrière une charrette tirée par un cheval, quelquefois avec une vache, pour avoir du lait à donner aux enfants. C'est un cortège de femmes entourées de leurs descendances ; le grand-père marche souvent devant en tenant la bride du cheval.

Beaucoup s'arrêtent pour se reposer un moment après la forte montée du bois de Noailles. On abreuve les chevaux. Hans va chercher des seaux d'eau pour satisfaire la demande. L'inquiétude est patente. L'armée française aidée des Britanniques tiendra-t-elle sur la Somme ?

Les optimistes pensent « qu'ils » tiendront comme en « quatorze. »

- Le front se stabilisera là… C'est sûr. La France ne peut être vaincue !

Les autres disent :

- Non, cette fois, ils sont plus forts… Ils ont la maîtrise des airs, et les chars !

Hans écoute et ne dit rien… Il sait que les seconds ont raison ! Il est triste… Il se pose déjà la question : Que deviendra-t-il si les nazis le repèrent ? Déportation ? Incorporation de force dans la Wehrmacht ? Pour lui, la pire des alternatives serait celle-là !

Dans la nuit du cinq juin, Hans est réveillé par des explosions qui retentissent dans le lointain. Il s'en souvint longtemps et le raconta souvent à quiconque voulait bien l'entendre. Des bombardiers passent au-dessus de sa tête puis s'éloignent. La curiosité le saisit. Il monte dans le grenier où une large ouverture sur le pignon permet de voir au lointain dans la direction de Beauvais. Les Allemands pilonnent sans vergogne le centre-ville. Des éclairs lumineux surgissent montrant les ombres éphémères de la ville suivis quelques secondes plus tard du bruit intense de l'explosion.

Le six juin, les raids de la Luftwaffe continuent sans s'interrompre semant la panique alentour.

Il y avait peu de monde resté au village de Sainte Geneviève le sept juin 1940. Cependant, monsieur Maurice Bled, instituteur, un ancien de quatorze-dix-huit, sorte de hussard noir de la République qui croyait au progrès par l'instruction publique, avait décidé de ne pas céder à la peur et de continuer à enseigner en dépit des évènements. Seulement une dizaine de garçons et de filles étaient présents. On les avait regroupés en une classe unique. Il faisait beau et on entendait au loin les explosions du bombardement de Beauvais.

De peur que des avions bombardent la route qu'il considérait comme stratégique et, par voie de conséquence, l'école située juste à côté, monsieur Bled décida de faire classe dans un petit bois situé en retrait à moins d'un kilomètre de l'école. La classe partit en bon ordre et s'installa sous un gros chêne qui offrait une ombre opportune et dégageait un espace parmi les taillis. Devant ses élèves, Monsieur Bled affichait un visage serein. Des bombardiers passaient au-dessus du village puis s'éloignaient. Entre deux phrases, il levait les yeux de son livre pour mieux les regarder s'écarter et la dictée continuait sous les halliers, bercée par le pépiement des oiseaux… comme si la guerre ne pouvait atteindre cet espace de calme et de sérénité.

Soudain, on ne sait pourquoi, par un malheureux hasard, deux bombes tombèrent sur le petit bois. Monsieur Bled, lui le brave de quatorze-dix-huit - qui avait combattu toute la guerre dans les tranchées avec comme toute blessure deux orteils de gelés - rendit l'âme, le livre de « dictées choisies » encore dans ses mains. On déplora aussi la mort de deux de ses élèves… Les survivants donnèrent l'alerte. Hans fut de ceux qui se rendirent sur les lieux et qui, avec le reste du village - et le vieux curé - aidèrent à l'inhumation des malheureux dans le cimetière de Sainte Geneviève.

Le huit juin le bombardement de Beauvais s'éternise. Le centre-ville, constitué à cette époque de maisons moyenâgeuses à encorbellements, s'embrase. Des colonnes de fumée noire s'élèvent et empuantissent la campagne jusque Sainte Geneviève.

Hans, depuis son grenier, observe dans la nuit l'immense brasier de la ville tandis que les bombardiers continuent leurs rondes infernales. Il se décide à regagner sa cave où il trouve un sommeil entrecoupé de cauchemars et de réveils anxieux.

Les bombardements continuent dans la journée du neuf juin. Enfin, ils cessèrent… Après tout ce vacarme assourdissant, il régna un silence étonnant. Les Allemands avancèrent et se retranchèrent dans la ville en ruines. Le silence dura peu… Dans la nuit du treize au quatorze juin, la Royal Air Force les bombarda… sans pouvoir stopper leur course vers la capitale.

Le quatorze juin, l'armée Allemande défila en bon ordre devant les yeux incrédules de Hans Darmitt. Cachés derrière les volets de la salle à manger, Hans vit passer, d'abord une noria de motocyclistes dont le rôle était de dégager la route, ensuite défilèrent les véhicules blindés, les camions remplis de soldats en armes. Des gradés suivaient en Mercédès découvertes… Ils se dirigeaient à vive allure vers Paris… Paris qui s'offrait sans combattre.

Hans pleura toutes les larmes de son corps. Ceux qu'il abhorrait le plus - les nazis - étaient à sa porte ! Tout ce qu'il craignait depuis qu'il avait fui l'Allemagne en 1933, tout ce qu'il prédisait à quiconque voulait bien l'entendre, tous ses cauchemars se réalisaient : Les nazis étaient là ! Ils l'avaient rattrapé… et il était derrière ses volets, découragé et les bras ballants sans savoir que faire… sinon pleurer !

L'âme de l'Allemagne, de la culture allemande était morte écrasée sous les bottes nazies… Ces diables acharnés, s'attaqueront-ils maintenant à l'âme de la France, à la culture française ? Eteindront-ils la flamme de la liberté et des droits de l'homme célèbres dans toute l'Europe et dans le monde entier ?

Il en avait peur parce qu'ils les connaissaient trop !

28

Le vingt-deux juin 1940, l'armistice demandé par le gouvernement français présidé par le Maréchal Pétain, était signé dans la clairière de Rethondes, près de Compiègne, là où l'armistice du onze novembre 1918, avait été signé, consacrant ainsi la revanche voulue par Hitler.

Bien avant, cette signature, le reflux avait commencé. Les gens montraient leur soulagement. Peu leur importait que la France soit vaincue, à genoux devant l'Allemagne nazie. Ils étaient contents de rentrer chez eux. Ils en avaient assez de marcher la peur au ventre… craignant d'être bombardés ou mitraillés… sans savoir où aller. Ils se demandaient comment ils retrouveraient leurs fermes ou leurs maisons. Seraient-elles encore debout ? Ou au contraire, détruite par une bombe, ou simplement pillée ?

Hans aidait les passants de son mieux. Ils reconnaissaient certaines familles qui s'étaient arrêtées devant chez lui pour se reposer. L'apaisement était général. Hans s'étonnait de la légèreté avec laquelle les gens acceptaient la débâcle de l'armée, le désastre général, la défaite de la France.

Il reconnut en particulier la famille constituée des deux belles-sœurs et de leurs quatre enfants accompagnées de leur beau-père. Ils avaient un chariot tiré par un cheval. Une vache suivait en beuglant son désarroi. Ils étaient tous exténués. Ils s'arrêtèrent devant la maison de Hans. Celui-ci comprit leur détresse :

- Il est dix-huit heures… Je crois que vous feriez mieux de vous arrêter !

L'homme regarda tout autour. Un pré s'étendait sur le côté droit de la route en face de la maison des Darmitt.

- Vous pouvez vous installer dans ce pré. Les bêtes pourront pâturer à leur aise…

- Oui, c'est l'endroit idéal. Nous sommes partis ce matin de Beaumont. Depuis Puiseaux-le-Hauberger, ça monte sans interruption. Le cheval est épuisé et nous aussi. Nous sommes impatients de rentrer chez nous…

- Où habitez-vous ?

- A Bussières, c'est un village situé dix kilomètres avant Amiens… Nous avons une ferme…. Nous y serons dans cinq à sept jours. C'est le cheval qui nous mène et c'est une bonne bête !

Ils avancèrent dans le champ, détachèrent les bêtes. La famille s'installa en cercle. Les enfants étaient assis parterre les jambes en tailleur, tandis que les adultes avaient de sordides chaises pliantes. Quand Hans vit qu'ils n'avaient qu'une miche de pain à se partager, il leur apporta de la salade de son jardin, un reste de poulet froid et une douzaine d'œufs de son poulailler. Ces denrées furent accueillies avec des cris de joie.

- Nous avons été jusqu'à Beaumont-sur-Oise. L'armée française en déroute nous a demandé de nous mettre sur le côté. Nous les avons regardés passer la larme à l'œil. C'était comme si notre armée nous abandonnait à l'ennemi…

« Après une pause, au moment où nous allions nous remettre en route, l'armée allemande nous intima l'ordre de rester sur le côté. A la nuit, un bataillon s'installa dans le champ en face de nous pour camper. Une centaine d'hommes avec une dizaine de camions et une popote. Ils firent la soupe… ça sentait bon jusque chez nous… Les gamins ne purent s'empêcher de s'approcher. Alors le cuisinier leur tendit à chacun une timbale de soupe. Puis, il nous fit signe d'approcher avec nos assiettes. On s'est régalés. C'était une bonne soupe de pomme de terre dans laquelle flottaient des morceaux de lard et de viande de porc ! Un officier qui parlait un peu le Français nous a dit que la guerre était finie et qu'on pouvait rentrer chez nous… Le lendemain nous avons fait demi-tour… Nous n'étions pas les seuls… »

Les deux jeunes femmes demandèrent à Hans s'il était possible de faire un brin de toilette dans sa salle de bain. Il y avait dans cette supplique tant de prière et de charme que Hans s'empressa d'accepter. Il leur montra sa salle de bain. Elle était encore très rustique. Les deux femmes poussèrent la porte avec un enthousiasme non feint et en profitèrent tout à loisir.

Hans les entendit se savonner mutuellement en riant. Elles ressortirent toutes belles et bien coiffées avec de beaux sourires de reconnaissance qui émurent Hans…

- Merci ! Le manque d'hygiène et de commodités pendant cet exode nous a tellement chagrinées que ce fut un bonheur de pouvoir se savonner jusqu'à s'en irriter la peau !

Hans sortit son cuvier. Il servait d'ordinaire à la « grande » lessive. Il le rempli à demi d'eau froide, puis chauffa une bassine pour y ajouter de l'eau chaude. Ainsi elles purent savonner tour à tour leurs quatre enfants…

La petite tribu s'endormit dès la nuit tombée. Les femmes et les enfants se serrèrent en quinconce dans le fond du chariot. Ils s'abritèrent sous des couvertures. Le vieux monsieur se constitua un lit à même le sol. Il faisait une belle nuit étoilée.

Le lendemain, ils se réveillèrent avec le soleil. La vache se laissa traire et tous purent boire un grand bol de lait encore chaud.

Hans les regarda s'éloigner les larmes aux yeux…

29

Hans ne savait que penser. La guerre était-elle vraiment finie ? Ou n'était-ce qu'une pause ? Pourtant celle-ci ne pouvait pas s'arrêter sur la victoire du national-socialisme. Les gens dans l'euphorie de la cessation des hostilités, croyaient que les vainqueurs seraient bienveillants presque magnanimes à l'égard des vaincus. Darmitt qui ne connaissait que trop les nazis, savait combien ils se trompaient ! Nous n'étions plus à l'époque des temps chevaleresques. Les nazis faisaient la guerre pour conquérir des territoires, s'approprier leurs richesses et mettre les peuples conquis en esclavage. Tuer était le meilleur moyen de terroriser les vaincus pour les convaincre d'obéir. La race aryenne voulait dominer le monde et les pires moyens étaient les meilleurs pour parvenir à cette fin.

Pour Hans, il était impossible que les théories haineuses et racistes d'Hitler puissent régenter définitivement une immense partie de l'Europe. Par conséquent, la guerre ne faisait que commencer ! Elle serait longue et cruelle. Il s'attendait au pire pour la France, pour l'Europe… et pour lui.

Bien sûr, le récit des gens de Bussières, pouvait laisser croire que les « Allemands » ne seraient pas si terribles que ça ! Tous n'étaient pas des nazis. Peut-être… Certains soldats de la Wehrmacht pouvaient éprouvés de la compassion pour une famille affamée… C'était comme une petite parcelle d'humanité dans un monde de violences, de brutalités et de tueries. Mais, les terribles théories de « Mein Kampf » étaient toujours d'actualité malheureusement… et, dans la réalité, commanderaient toujours la soldatesque… et ceci jusque leur défaite définitive… Elle n'était pas encore pour demain !

Qu'allait devenir la culture française, son humanisme, la fière liberté, l'égalité en droit, tout ce qui constituait l'âme profonde de la France ? Hans savait que les nazis, ces fous barbares voulaient justement détruire, annihiler tout ce tissu intellectuel qui s'était tissé au fil des siècles… et il n'y pouvait rien ! C'était comme si on éteignait la clarté qui avait illuminé le monde ! N'y pouvait-on vraiment rien ?

Qu'allait-il devenir ? Certes, il était Français par son mariage. Pour le Reich, il en était certainement autrement… Il était Allemand et pourquoi pas de la fameuse race qui, croyaient-ils, allait dominer le monde ? Viendrait-on le chercher pour l'incorporer de force dans la Wehrmacht ou même les SS ? Quand ? Ou toujours fiché par la gestapo, était-il toujours considéré comme un communiste bon pour mourir dans un camp de concentration ? Toutes ces options étaient possibles !

Toutes ces idées étaient ressassées à l'infini de jour comme de nuit dans sa pauvre tête. Pour l'heure, il attendait le retour de sa femme et de sa fille. Il avait cet espoir vrillé au fond de son cœur et ne pensait plus qu'à cette éventualité. Elles ne sauraient tarder. Ce serait pour lui une grande joie et une consolation. Il n'avait d'eux aucune nouvelle. Mais, il avait confiance… Il suffisait d'attendre. Les services postaux de même que le téléphone n'étaient pas rétablis. Et pour cause : La receveuse des Postes n'était pas encore revenue ! Il suffisait d'être patient.

A Sainte Geneviève, les gens rentraient peu à peu de leur exode. Le service des cars Citroën fut rétabli. Un matin vers dix heures, on frappa à la porte. Sa femme et sa fille étaient revenues ! Leur voyage s'était bien passé. L'accueil à Issoire, en famille, avait été des plus chaleureux.

Il y eut des embrassades et des larmes de joie. La petite fille embrassa son père. Son langage avait progressé. A deux ans, elle exprimait parfaitement sa joie de retrouver son papa et sa maison.

Jeanine serra longuement son mari sur son cœur. Comme il lui avait manqué ! Leurs retrouvailles se traduisirent par une longue nuit d'amour et de tendresse…

La vie reprenait peu à peu. Les militaires démobilisés rentraient. Il en manquait beaucoup retenus prisonniers, un sur quatre disait-on…

Monsieur Magnien convoqua Hans. Était-il possible de remettre l'usine en marche ? Des commandes n'avaient pas été honorées. Ce n'était pas le moment de perdre des clients. Ils firent le compte des effectifs… Il en manquait beaucoup… On s'adapterait de toute façon. La production des thermomètres recommença cahin-caha dès le lendemain…

30

Il y eut toute une période de calme sous l'égide et la crainte de l'occupant. Celui-ci réquisitionnait, prenait ses aises, s'établissait. La gestapo s'installa dans la gendarmerie de Noailles.

Les gens retrouvaient leurs activités. Il y avait dans le village sept fermes et par conséquent, pas de pénurie alimentaire. Chaque famille comme celle de Hans, cultivait son jardin, élevait des poules et des lapins. On allait à la ferme chercher son lait, son beurre, son fromage blanc. Les tickets de rationnement apparurent bien vite. Ils servaient pour le pain et souvent de monnaie d'échange.

L'effort de guerre des nazis se reporta sur l'Angleterre. Des avions passaient dans le ciel. La Luftwaffe se rendait vers Londres pour déverser ses bombes, puis la RAF passait en direction de la Ruhr ou d'une ville stratégique. Ils se bombardaient mutuellement le plus possible dans l'espoir d'anéantir l'autre…

Hans comme Jeanine avaient repris leur travail. Madame Honney gardait leur petite fille pendant la journée.

L'usine de thermomètres marchait à son maximum. Hans la dirigeait. Il se faisait discret. Il pensait que la gestapo l'avait oublié et vivait comme tout le monde, en cultivant son jardin…

Il savait qu'on ne pouvait pas en rester là, dans ce statu quo qui consacrait la domination d'une grande partie de l'Europe par les nazis. Il s'attendait à une évolution en leur défaveur. Quand viendrait-elle ? Quel serait l'évènement qui amorcerait leur déclin ?

Dans son entourage à l'usine des ouvriers parlaient à voix basse de la radio de Londres et d'un certain Général De Gaulle qui voulait organiser une résistance armée.

Bien que tenté, Hans jugea qu'il était mal placé pour s'impliquer dans une quelconque armée secrète qui n'aurait pour l'instant qu'un effet négligeable sur les forces du Reich…

Le vingt-deux juin 1941, l'Allemagne nazie envahit l'URSS. Cette opération appelée « Barbarossa » était présentée par les médias de l'époque comme une croisade contre le bolchevisme et les peuples slaves considérés comme inférieurs et destinés à devenir les esclaves des nazis.

Hans, féru d'histoire de France, eut un petit sourire. C'était le virage qu'il attendait. Hitler, un peu comme Napoléon, n'avait pas pu venir à bout de l'Angleterre. Comme l'empereur, il perdrait des milliers d'hommes, voire des millions en Russie et serait vaincu par l'immensité, la neige et le froid.

Dans un premier temps, Les médias officiels, contrôlés par l'occupant, chantèrent les louanges des armées du Reich qui avançaient vers Leningrad, Moscou, Stalingrad, toujours victorieuses. Quand vint l'hiver, tout changea. Le Reich fut vaincu devant Moscou ; il ne put prendre Leningrad qui résista malgré le siège…

Enfin, le sept décembre 1941, les Etats Unis, après Pearl Harbour, déclarèrent la guerre aux puissances de l'Axe, c'est-à-dire au

Japon, à l'Allemagne et à l'Italie. C'était le deuxième virage qu'attendait Hans. Désormais, une grande partie des nations du monde se battaient contre le national-socialisme… Hitler serait bientôt vaincu ! Il fallait aussi s'armer de patience !

Les armées du Reich, pourtant épaulés de bataillons Italiens, Roumains, Croates, perdaient beaucoup d'effectifs sur l'immense front russe. De plus en plus d'ouvriers allemands étaient mobilisés dans l'armée. L'industrie d'armement manquait de bras. Elle avait recours au travail forcé des prisonniers français, polonais, russes etc.

Ce devait toujours être insuffisant parce que des affiches invitaient la jeunesse à s'engager dans l'armée allemande tandis que d'autres toutes aussi éloquentes, exhortaient les ouvriers à partir travailler en Allemagne. Hans comprit que l'hémorragie d'effectifs qu'entraînait le front russe, créait un manque de main-d'œuvre dans les usines d'armement du Reich. Il craignait de plus en plus que la gestapo se souvienne de lui pour l'incorporer dans la Wehrmacht.

Il était prêt à tout pour ne pas travailler pour les nazis, ni se battre avec eux. Les théories nationales-socialistes restaient pour lui la pire des abominations, les nazis la pire des calamités. Il en parla à sa femme et ils décidèrent d'un commun accord qu'il prendrait le maquis si la gestapo venait le chercher tandis qu'elle dirait innocemment qu'il était déjà parti… pour le front russe.

D'autant que des rumeurs inquiétantes parvinrent jusqu'à leur village. Il se disait alentour que les nazis arrêtaient des milliers de juifs à Paris pour les emmener en Allemagne. On appela cette infamie : la rafle du vélodrome d'hiver (Seize et dix-sept juillet 1942.) On se demandait bien pourquoi et on pensait que c'était pour les faire travailler comme des esclaves dans des usines d'armements… Personne ne soupçonnait la fin atroce qui les attendait.

Hans en apprenant cette nouvelle, se dit : « C'est bientôt mon tour ! Ils vont se souvenir de moi !»

Il se prépara à cette éventualité. Il s'aménagea une cachette au milieu du tas de bois dans la grange en communication avec une issue de secours qui lui permettait de fuir par l'arrière de la maison.

De même, ils décidèrent de ne jamais fermer la porte à clé, côté jardin pour rendre sa fuite plus rapide.

Il ne dormait que d'un œil, connaissant l'habitude des SS, de surprendre leur proie en plein milieu de la nuit. Bien souvent, il s'étendait sur le lit tout habillé ; une musette de survie immédiate était accrochée en permanence au porte-manteau.

Quand la gestapo viendrait-elle le chercher ? Il s'attendait au pire ! Comme, dans son esprit, la défaite des nazis était inéluctable, il pensait que chaque jour de plus passé chez lui avec sa femme et sa fille, était un jour heureux de gagné… que les jours difficiles voire dramatiques viendraient bien assez tôt !

31

Le dix août 1942 à treize heures trente, le jour de son anniversaire, - trente-cinq ans, il le raconta longtemps à ses enfants et petits-enfants - Hans, après le déjeuner, s'apprêtait à repartir à l'usine quand un gros camion de la gestapo s'arrêta devant chez lui. Son sang ne fit qu'un tour !

- Les voilà, ceux que l'on attendait plus !

Il décrocha sa casquette et sa musette. Sans même embrasser sa femme, comme s'il s'y était entraîné mille fois, il sortit par l'arrière de la maison, presque sans précipitation.

En quelques enjambées, il traversa la pâture qui jouxtait son jardin et se mit à l'abri dans le petit bois.

Là, il prit le temps de se retourner. Tout lui parut si calme qu'il eut la tentation de rester à cet endroit, caché dans les broussailles, et d'attendre que la gestapo reparte. Après un moment d'hésitation, il préféra mettre de la distance entre lui et ses poursuivants éventuels.

De son côté, Jeanine laissa frapper une fois, puis une seconde fois… Ce n'est que quand les coups redoublèrent et que la voix gutturale et tudesque du chef des SS devint impérative et menaçante qu'elle cria :

- Oui ! Je suis là ! J'arrive !

Elle ouvrit, sans se presser, la serrure fermée à double tour… Elle écarquillait des yeux étonnés…

L'officier SS était accompagné d'un homme en arme, une mitraillette en bandoulière, le doigt sur la gâchette. Il parla en Allemand… Au bout d'un instant, elle répondit :

- Je ne comprends pas votre langue.

Celui-ci s'efforça de trouver des mots en Français :

- C'est … ici l'adresse de Hans Darmitt ? Où est-il ? Nous venons le chercher…

- Il est parti depuis longtemps…

Elle se redressa la poitrine en avant, comme si elle était fière de son mari :

- Il combat dans la Wehrmacht sur le front russe. Il n'est pas mort, j'espère ? Je n'ai aucune nouvelle de lui ! Vous me faites peur !

- Non, au contraire ! Je venais le chercher pour l'incorporer !

- Alors… C'est fait…

Elle s'étonnait elle-même de pouvoir tenir le coup devant ces deux SS armés, très grands, martiaux, rudes dans leurs mots et dans leurs manières, très impressionnants… et se tenait très droite comme une épouse fière de son mari parti combattre le bolchevisme sur le front russe…

Il passa dans le regard froid de l'officier SS l'ombre d'un doute. Il la toisa, semblant sonder sa franchise. Elle soutint son regard, toujours aussi raide, en s'appuyant les mains dans le dos contre le buffet. Tout dans l'attitude de cette femme placide dût le convaincre...

Il lut une dernière fois sur son ordre de mission ; puis dit :

- Je vais signaler cette erreur.

Renfrogné et martial, il salua et se tourna en claquant des talons.

Le gros camion démarra dans les ronflements sonores de son puissant moteur.

Jeanine les vit s'éloigner. Soulagée, elle se jeta sur son lit en pleurant. Elle tremblait comme une feuille… Elle s'étonnait elle-même d'avoir pu tenir le coup devant ces deux impressionnants SS… et cette mitraillette braquée sur son ventre !

De son côté, Hans traversa le petit bois. Il déboucha sur un grand champ de chaumes. La moisson était finie depuis plus d'une semaine. Il s'enquit de l'absence de danger et marcha à travers d'un bon pas. Le chemin départemental étant libre, il ne s'y attarda cependant pas et s'enfonça dans la forêt.

Elle présentait une grande allée centrale presque rectiligne bordée de grands arbres, hêtres et chênes centenaires. C'est dans ce chemin qu'il se promenait avec sa femme et la petite Claudine les dimanches ensoleillés de la belle saison. Il préféra entrer dans les taillis par crainte que le garde forestier le repère dans ce grand espace à découvert.

Il erra sans but parmi les fourrés, les petites clairières, les creux et les bosses du relief. Il découvrait l'immensité de cette forêt touffue qui lui paraissait ne pas avoir de limites. Tout restait à explorer, à découvrir… Tantôt il franchissait un petit chemin, tantôt une large allée.

Il s'arrêta au pied d'un grand chêne, un géant vénérable qui semblait dominer la forêt de sa haute stature. Un confortable tapis de mousse l'invita à s'asseoir, le dos appuyé contre le tronc. Il admira l'étendue de ses branches et de ses feuillages en levant les yeux. Une gorgée de bière le rafraîchit et il pensa : « Ainsi, je suis de nouveau un fugitif, un proscrit…. C'est dans cette accueillante forêt que je vais errer, me cacher jusqu'à la défaite des nazis. C'est une épreuve difficile, mais je suis mieux ici que sur le front russe ou dans un camp de concentration. Ici, je suis un homme libre. »

Nous étions le dix août et il faisait si chaud qu'il appréciait la fraîcheur de la canopée qui le protégeait du soleil au-dessus de sa tête. Le silence régnait, seulement troublé par le doux chant des oiseaux qui paraissaient converser entre eux. Comme la guerre lui parut lointaine dans ce havre de paix !

Qu'en sera-t-il cet hiver ? Où pourra-t-il se réfugier les nuits de froid et de gel ? Sera-t-il toujours seul ou trouvera-t-il des compagnons de misère ? C'était la deuxième fois qu'il s'enfuyait devant la gestapo. Cette fois était différente. Il avait sa famille... Devra-t-il franchir une autre frontière ? Il ne voyait pas laquelle ! Son seul choix était de se cacher dans cette accueillante forêt jusqu'à la fin de la guerre… Préserver sa vie pour voir renaître la France, la République Française du droit et de la liberté, et voir disparaître à jamais ce lamentable état français à genoux devant les nazis !

En attendant que ce rêve se réalise, il devait envisager le pire et reconnaître le terrain pour mieux s'y embusquer. D'abord, y aurait-il dans cet environnement un ou plusieurs endroits où pouvoir s'abriter lorsque viendront la pluie, le vent et le froid ?

La forêt s'inclinait vers Noailles. Un vallon assez profond creusé par le ruissellement des eaux de pluie descendait en serpentant. Il permettait de se déplacer rapidement parce que le fond était dégagé de tout obstacle, roncier ou taillis.

Hans ne pouvait pas se perdre dans cette forêt pourtant immense. En bas, c'était Noailles, en haut c'était Sainte Geneviève. Une ancienne ligne de chemin de fer la traversait. Elle avait cessé son service en 1940 et les « Allemands » s'étaient empressés de prendre les rails et toute la ferraille disponible des poteaux de signalisation pour les mettre à la disposition de leur industrie d'armements…

Rencontrera-t-il un jour des résistants ? Voudront-ils bien l'incorporer dans leur réseau ou se méfieront-ils toujours de son accent ? Il n'oubliait pas qu'il était Allemand…

Il n'avait pas la prétention de jouer un rôle déterminant dans la chute du nazisme. Il savait que la Grande Histoire se jouait sur les fronts à coups de canon avec des bombes et des obus. Son ambition se limitait à rester en vie en attendant la victoire de la civilisation sur la barbarie !

Le soir tombait. Il mangea le gâteau qu'avait confectionné Jeanine. Une douce fraîcheur d'été s'installait sur la campagne. L'obscurité commençait à s'étendre sous les feuillages. En marchant au hasard, il avisa au pied d'un talus un trou obscur dissimulé par un fouillis de ronces. Il réussit à s'approcher et découvrit une caverne. Son entrée était occultée par des éboulis. Il entra avec précaution en se courbant et constata l'existence d'un tunnel assez haut pour s'y tenir debout et d'une largeur équivalente. Il faisait si noir que Hans renonça à l'explorer. Il se promit de revenir le lendemain avec une bougie.

C'était maintenant la nuit.

Où allait-il se reposer ? Le mieux était d'aller voir chez lui ! Comment sa femme avait-elle réussi à convaincre les SS de passer leur chemin ? Il refit le chemin inverse. Une nuit sans lune s'étendait sur le village endormi. Il entra dans son jardin. Sur le fil à linge était épinglé le torchon blanc qui signifiait l'absence de tout danger.

Il toqua trois fois lentement, selon leur convention, pour signaler sa présence. Sa femme s'empressa d'ouvrir :

- Entre… Il n'y a pas de danger !

- Ne vont-ils pas revenir ?

- Je ne crois pas… Nous nous méfierons…

Hans fit sa toilette tandis que Jeanine lui constituait un repas. Puis il se coucha tout habillé à côté de sa femme.

Ils firent l'amour comme si c'était la dernière fois avant une longue séparation…

32

Le lendemain, avant que le jour se lève, ils prirent ensemble leur petit-déjeuner. Jeanine lui confectionna un sérieux casse-croûte. Il n'oublia pas une bougie et des allumettes.

- A la nuit tombée, je passerai chez le père Magnien pour l'informer. C'est un patriote… Il n'y a rien à craindre de sa part !

Il repartit à grand pas. Le jour se levait. Une fine brume montait de la terre encore chaude. S'approprier cette forêt était sa mission première. Il devait trouver plusieurs abris avant que les pluies de l'automne ne le mouillent, pour bouger et changer de cachette au cas où l'une d'elle serait découverte.

Il chercha longtemps l'orifice de la caverne. Le soleil rasant ombrageait le sol et les taillis d'une autre manière. Il ne reconnaissait rien. Tout était différent. Il crut un moment qu'il ne la retrouverait jamais. Il dressa l'oreille… Il entendait des bruits de feuilles sèches qu'on déplace comme des bruits de pas ; ils se rapprochaient ; une branche morte craqua, puis une autre. Il s'arrêta et dans un réflexe de peur, s'accroupit derrière un arbre, pétrifié. « Le garde-chasse ? » pensa-t-il… C'est alors qu'il vit une élégante biche sauter par-dessus un buisson, détaler avec agilité et disparaître dans la profondeur du sous-bois… Soulagé, souriant de sa soudaine peur, il reprit sa recherche. Au moins n'était-il pas seul dans cette forêt. Des êtres vivants plein de beauté, de finesse voire de poésie l'habitaient… Enfin, alors qu'il commençait à se désespérer, il tomba par hasard sur l'orifice de la cavité à un endroit qu'il n'aurait jamais soupçonné.

Il entra, alluma sa bougie. Deux chauves-souris affolées s'envolèrent dans un grand bruit d'ailes. Il les regarda s'éloigner dans le ciel, cette fois sans le moindre émoi.

C'était un tunnel d'environ deux mètres de haut sur trois de large. Le sol était en terre battue, assez régulier. Seules quelques pierres éboulées de la voûte ou des murs avec du salpêtre et du sable le jonchaient par endroit. Il s'enfonça plus avant de quinze à vingt mètres. Il se retourna pour s'assurer qu'il retrouverait son chemin si la bougie s'éteignait. Il fut rassuré : Une faible lueur à l'orifice d'entrée se détachait de l'obscurité. Le plafond s'abaissa. Hans marcha en se courbant, et vint le moment où il dut continuer à quatre pattes. Il cherchait un orifice de sortie à l'autre bout. Puis, il se dit : « c'est assez pour aujourd'hui ; je reviendrai avec des outils. En s'installant dans le fond, il sera possible de s'abriter les nuits de frimas… »

Il souffla sa bougie. Ses yeux s'habituèrent à l'obscurité et il put faire le chemin inverse sans difficulté en prenant soin de ne pas trébucher sur les éboulis. Quand il sortit à l'air libre, il éprouva un vif sentiment de soulagement. Cette obscurité, l'odeur de salpêtre et d'humidité étaient oppressantes. Cet endroit lui paraissait cependant être la cachette idéale. Il suffisait d'être bien vêtu et d'installer une couchette. Comment ? Déjà, il cogitait. Le sol était sain. Il n'y avait pas de trace d'humidité. Nous étions en été et la saison avait été particulièrement sèche… Il suffisait peut-être d'amener quelques bottes de paille de la meule la plus proche… Il s'y résolut. Il eut un sourire amer : Il redeviendrait un homme des cavernes… Il errera dans cet univers forestier avec les bêtes sauvages et le gibier. D'ailleurs, n'était-il pas devenu un gibier pour la gestapo ? Il se consola : ce n'était que provisoire, les nazis seront bientôt vaincus et le retour à une vie normale reviendra : c'était un difficile moment à passer !

Il décida d'explorer cette forêt vers l'est. Fidèle à ses précautions, il marcha à travers les broussailles et les taillis, en les contournant. Ses pieds s'accrochaient dans les ronces, ce qui rendait sa progression très lente. Le soleil, à travers les branches, l'aidait à maintenir sa direction. Il traversa la ligne de chemin de fer et peu après se retrouva à la lisière de la forêt. Un grand champ de chaume descendait en pente douce vers une rivière. Un hangar rempli de paille se dressait au bord d'un large chemin. Une satisfaction sans pareille l'envahit. C'était sa deuxième cachette éventuelle. L'endroit était désert. Une route départementale passait plus loin, bien au-delà de la rivière. Il s'approcha, monta facilement parmi les ballots et s'allongea tout en haut, près du toit. Un fin courant d'air le rafraîchit. Il apprécia quelques instant le confort et la sécurité du lieu, d'autant qu'on pouvait disparaître complètement sous la paille. Le seul point négatif était l'inflammabilité de la paille. Il savait les SS capables d'y mettre le feu pour y déloger des maquisards.

L'endroit était calme. C'était le moment d'en profiter. Il mit un ballot de paille sur son dos et ainsi chargé retraversa la forêt. Après beaucoup d'effort, il le posa dans le fond de la caverne et étala la paille. Sa couche ainsi confectionnée, il l'essaya. « Dire qu'il faudra que je m'habitue à dormir ici sur de la paille comme une bête ! » raisonna-t-il. Cette grotte l'étouffait. Il sortit, s'épousseta. Un peu plus loin, un tapis de mousse au pied d'un gros chêne lui offrait son hospitalité. Il s'adossa contre son tronc et mangea à l'air libre…

C'est dans ce confort rudimentaire qu'il attendit la tombée de la nuit pour aller voir son patron en écoutant les oiseaux chanter, en les regardant voler de branches en branches au-dessus de lui.

33

Monsieur Magnien habitait dans une maison bourgeoise à côté de l'usine. Il faisait nuit noire quand Hans sonna au portail. Son patron regarda à la fenêtre. Quand il devina la silhouette de Hans, il s'empressa d'ouvrir.

Darmitt raconta en quelques mots sa mésaventure. Le brave homme prit la parole :

- Dans ces temps difficiles, vous connaissant, votre absence signifiait qu'un fait nouveau d'une importance capitale était survenu… Ainsi, vous serez obligé de vous cacher jusqu'à la fin des hostilités. Cette guerre durera-t-elle encore longtemps ? Nous entrerons bientôt - en septembre - dans sa quatrième année… Les « boches » sont au maximum de leurs possibilités… C'est évident qu'avec l'entrée en guerre des Etats-Unis et leur immense capacité industrielle, ce sera bientôt la débandade parmi les nazis… Pour l'usine, on se débrouillera. Notre meilleur souffleur de verre est retenu prisonnier en Allemagne ; j'ai fait une demande de rapatriement auprès des autorités… Vous savez avec leur prétendue « relève » … Non ! Babiole et propagande que tout ça ! Rien à faire ! Nous formons des nouveaux… et mon fils est décidé à reprendre la direction administrative ! Les temps sont durs. Il faut rester en vie et en bonne santé, ne serait-ce que pour voir la France renaître de ses cendres…

- L'important pour moi est de rester libre ! En aucun cas, je ne veux travailler pour les nazis… Quitte à errer dans la forêt ou à partir ailleurs, n'importe où ! Quitte à en crever ! De toute façon avec eux, j'y passerai que ce soit dans leurs camps ou sur leurs fronts ! Autant rester digne et libre en restant à l'écart de ces barbares !

- J'y pense ! J'ai une petite remise située dans la rue qui rejoint la route nationale. On l'a oubliée et elle est à l'abandon. Dedans, il y a une ancienne carriole et tout un bric-à-brac de vieux meubles et d'objets divers. Vous pouvez vous y glisser par l'ouverture d'un volet dégradé sur le côté. Au-dessus, existe un grenier. On y accède par une trappe. Du temps des chevaux, on y entreposait du fourrage. Vous pourrez vous y réfugiez. Tout le monde a oublié cet endroit en complète désuétude et personne ne viendra vous y chercher ! Derrière se trouve la scierie que vous connaissez. Des dépôts de bois y sont entreposés pour sécher. En cas d'alerte, vous pourrez vous échapper par l'arrière parmi les empilements de planches et de troncs d'arbres…

- C'est en effet un refuge possible. Je connais cette remise. Je passais chaque jour devant pour venir à l'usine. Je vous remercie… Je n'y aurai pas pensé !

Ils se serrèrent la main.

La nuit était noire. Hans entreprit d'aller voir cette nouvelle possibilité d'asile. Il faisait si sombre qu'il renonça à trouver la trappe pour monter dans les combles.

Une envie irrésistible le prit d'aller voir sa femme. Dans ce village, les patrouilles de la Wehrmacht après le couvre-feu étaient rares mais possibles et imprévisibles. Il s'aventura dans un imbroglio de petites ruelles entourées de hautes haies délimitant les jardins. Il arriva dans son potager. Le torchon blanc était bien sur le fil… Il n'eut pas la peine de frapper à la porte. Jeanine guettait sa venue !

Ils se serrèrent si fort qu'ils eurent tout de suite une envie irrésistible de faire l'amour ! Ce n'est qu'après qu'ils mangèrent. Puis Hans passa à la salle de bain, se rasa.

- J'ai l'impression que la gestapo va revenir cette nuit, dit-il enfin.

- Moi, aussi, j'en ai peur… Ils sont revenus l'autre soir… mercredi. Ils ont fouillé partout… La cave, le grenier, la grange. J'étais pétrifiée ! Pour rien au monde, je ne leur aurais montré la peur qui me tordait les boyaux ! Une douzaine d'hommes ont cerné la maison et quatre hommes auquel il faut ajouter un officier, ont fouillé les moindres recoins. Je suis restée de marbre en leur affirmant que je ne comprenais pas ! A l'intérieur, mon cœur battait à cent à l'heure : j'avais une trouille bleue !

- Je vais repartir, j'ai trouvé un endroit… Je ne te dis pas où… Moins tu en sauras, mieux ça vaut… Ces types-là, les SS, sont la pire espèce du genre humain… Ils seraient capables de te torturer jusqu'à ce que tu avoues ma cachette !

Hans se chargea de victuailles, de quoi tenir un siège. Il prit parmi ses outils un sécateur et une pelle pointue lui permettant de creuser et de pelleter.

Il avait maintenant ses points de repères pour retrouver son antre même dans la nuit la plus profonde. Il s'y glissa, se coucha tout habillé sur la paille et s'endormit profondément tant il eut l'impression que personne, pas même la gestapo ne pouvait le trouver à cet endroit…

34

Darmitt s'installa dans la vie clandestine. Il continua à explorer « sa » forêt jusqu'à la fin de l'été. Il découvrit une source vers le bas, là où une forte déclivité et quelques rochers faisaient un abrupt plus important que partout ailleurs. L'odeur d'humus et de bois mort se transforma pour se muer en un parfum indéfinissable de marais, peut-être à la fois d'humidité, de menthe et de cresson. Il reconnut « les queues de renards » caractéristiques des points d'eau de la région. Un fin filet d'eau s'écoulait entre les rochers, formait une fontaine où le cresson poussait en abondance, puis serpentait parmi les pierres en un court ruisseau. Il se perdait parmi des herbes hautes d'une prairie en contre-bas la rendant marécageuse sur quelques arpents. Il remplit sa bouteille de verre de cette eau de source. Elle était claire et limpide. Aucun dépôt ne se formait après l'avoir laissée sédimenter un moment. Il la goûta. Elle était fraîche. Aucune saveur désagréable ne parvenait à ses sens, bien au contraire, elle était bonne. Voilà qui solutionnerait ses problèmes de toilettes et d'approvisionnement en boisson.

Que faire ? Comment occuper son temps dans cette solitude ? Où étaient donc les maquisards, les résistants ? Quand les rencontrera-t-il ? Pouvait-il rester les bras ballants en attendant la défaite des nazis ? Il avait réellement envie de participer à ce combat libérateur !

Puisqu'il avait la chance d'avoir une cachette sûre, il devait l'aménager ! Il réfléchit… Si la Wehrmacht ou la gestapo partaient à la chasse des maquisards dans cette forêt, quel serait leur comportement en découvrant cette caverne ? S'aventurer dans le noir était dangereux si des résistants armés s'y cachaient ! Par conséquent ils tireraient à l'aveuglette une salve de mitraillette avant de se retirer sur le côté et d'attendre.

Il devait construire un mur dans le fond juste devant sa couche. Il le protègerait à la fois des frimas de l'hiver et d'une brusque attaque de l'ennemi. En plus, dans le cas, où ils l'assiègeraient, il devait se ménager une possibilité de fuite…

Darmitt avec sa courte pelle pointue creusa le sol en se ménageant un étroit passage. Au bout de deux jours d'effort, il parvint à une issue de l'autre côté du tunnel. Celle-ci avait été complètement occultée par des éboulis. Des taillis d'épines gênaient sa délivrance. Il les tailla partiellement et sortit à l'air libre.

Il ne lui restait plus qu'à construire un mur pour le protéger du froid, éventuellement des balles. Il rassembla le produit de son terrassement, toutes les pierres, la terre, le sable des éboulis. Il lui fallut plusieurs jours pour se constituer un talus plutôt qu'un mur. Celui-ci était épais. Il montait presque jusqu'à la voûte. Il avait laissé un étroit orifice sur le côté pour se glisser à l'intérieur.

Quand il eut fini l'aménagement de sa grotte, il éprouva une satisfaction sans pareille. C'était son œuvre. Il eut l'impression que personne ne viendrait le déloger dans cet endroit. Les pluies d'octobre avaient commencé et sa tanière se révélait étanche. Quand en novembre, une tempête s'abattit sur la forêt jetant à terre les feuilles et les vieux arbres, cassant des branches, il resta deux longues journées presque sans sortir…

Les soirs, quand le ciel le permettait, il s'asseyait au pied du grand chêne et réfléchissait en mangeant quelque chose. Combien de temps durerait ce purgatoire ? Ce n'était pas l'enfer. Beaucoup d'hommes et de femmes de son âge étaient retenus prisonniers, dans des camps, maltraités et mal nourris et devaient travailler pour les nazis ! Beaucoup en mouraient. Eux connaissaient l'enfer ! Lui, n'était pas si malheureux ! En plus, il avait sa femme et sa fille à proximité… Même s'il s'efforçait de les voir peu de peur d'être dénoncé. Il se ravitaillait copieusement chaque semaine. L'espoir d'une défaite prochaine des nazis devait rester chevillé dans son esprit. Il en guettait les signes avant-coureurs avec avidité. Quand ? Dans un an, espérait-il ! Il fallait simplement s'armer de patience…. Et être prêt à se battre avec courage et détermination si cette possibilité s'offrait !

Il avait beau être solide, la solitude lui pesait. Rencontrer des gars dans la même situation que lui, leur parler, se lier d'amitié avec eux, était son plus cher souhait dans l'immédiat. Presque chaque jour, il parcourait la forêt du nord au sud, de l'est à l'ouest avec cet espoir. Seront-t-ils des maquisards désarmés comme lui ou au contraire des résistants armés jusqu'aux dents ? Il ne savait pas encore ce qu'était une arme à feu. Il aimerait en posséder une… au moins pour se défendre… Ne pas se laisser arrêter bêtement les bras en l'air… pour lui, le comble de l'humiliation ! Plutôt, vendre chèrement sa peau avec une arme automatique !

A contrario, il ne se voyait pas à l'affut, avec un fusil voire une mitrailleuse dans les mains, guettant le passage d'une patrouille de la Wehrmacht pour les descendre un à un jusqu'au dernier. Ce genre d'action lui répugnait au plus haut point. Il n'était pas loin de considérer les soldats de la Wehrmacht comme des victimes des nazis obligées de porter les armes contre leur gré. Il se sentait bien incapable de les tuer froidement simplement parce qu'ils portaient l'uniforme honni ! Faudra-t-il en passer par là ?

A bien y réfléchir, il craignait la rencontre avec des résistants organisés et enrégimentés, même si parfois il le souhaitait… Et pourtant, il devait prendre sa part dans la défaite du troisième Reich ! L'Europe ne pouvait pas continuer à vivre sous le joug de cette idéologie cruelle, dévastatrice et opprimante.

Cette ambivalence l'étonnait, travaillait sa conscience…

35

Chaque semaine, en plein milieu de la nuit, changeant de jour et d'horaire, il retournait voir sa femme. Il regardait sa petite fille dormir, serrait sa tendre épouse sur son cœur, passait par la salle de bain, changeait de linge. Il s'habillait de vêtements de plus en plus chauds comme sa canadienne et ses bottes fourrées, car l'hiver était là avec son lot de glace, de neige et de vents froids.

Puis ils mangeaient ensemble vidant une bouteille de leur cave. Il repartait enfin chargé de victuailles afin de revenir le plus tard possible. Il considérait que chaque séjour chez lui représentait un énorme danger pour sa femme et sa fille ainsi que pour lui-même ! Un jour Jeanine lui dit :

- Si tu es trop malheureux tout seul dans ton antre, si tu as froid, que tu es désespéré… au bord des larmes, tu pourrais te réfugier chez la bonne madame Honney… Elle a toujours la chambre de tes débuts dans ce village. Elle est chauffée… et sa propriétaire ne demande pas mieux que de t'accueillir une nuit ou deux… Je lui en ai parlé. La gestapo ne viendra pas te chercher chez elle… si tu es comme d'habitude très discret… Il faut se méfier d'une dénonciation toujours possible !

Il en avait souvent rêvé dans la pénombre de son antre. Il revoyait son grand salon si bien meublé avec des fauteuils Chesterfield, une table basse de verre translucide, la grande cheminée où crépitait un bon feu les soirs d'hiver, les tableaux de « maîtres » accrochés aux murs tapissés de couleurs tendres… Le summum du confort pour un proscrit dormant sur de la paille ! Au milieu trônait le piano à queue et par-dessus tout… avant toute autre chose, se mouvait une femme dont la déambulation, le port de tête, la noblesse du sourire, la dignité, la distinction, même les rides naissantes du coin des yeux, ne pouvaient se comparer qu'à une souveraine, ne pouvaient que le contraindre à une admiration sans bornes… Elle portait même le prénom d'une reine antique : Hélène ! Il avait souvent rêvé d'elle au fond de sa tanière comme pour s'assurer que dans ce triste monde existait encore, pas très loin, en quelque sorte à sa portée, la beauté, le luxe et dans son contexte actuel… une sorte de paradis…. Elle incarnait pour lui tous les mystères de la féminité : le charme, la douceur, la beauté, la grandeur d'âme, la tendresse, toutes ces choses indéfinissables qu'il ressentait et qui le laissaient pantois d'admiration. Il s'était dérobé à sa douceur juste à temps grâce à Jeanine dont l'enthousiasme de la jeunesse avait su saisir le moment propice à sa possession… avant qu'il ne soit trop tard !

Peut-être se sentait-il penaud voire fautif de cette dérobade impromptue. C'est pourquoi il hésitait à franchir le pas : gratter à la fenêtre de la chambre de cette éblouissante veuve par une nuit d'hiver glacée de février 1943…

Il gelait dans sa tanière. Allongé sur la paille, tout habillé avec sa canadienne et ses bottes fourrées, même caché sous une couverture de laine, il grelottait, il avait froid, ses pieds étaient glacés. Pour la première fois, son moral était en berne… Il ressentait son état comme injuste. Il était désespéré, au fond du gouffre… Il douta même un instant de la défaite des nazis ! Sa gorge le brûlait. Il rencontrait des difficultés pour avaler… Il toussait. Peut-être qu'en dépit de toutes ses convictions, de sa fille, de sa femme, songea-t-il à mourir ?

Oh ! Si seulement il avait pu allumer un bon feu ou boire un bon grog… Tout cela demeurait impossible !

Et, le miracle s'accomplit… Au bout de la nuit noire, il entrevit une petite lueur d'espoir qui scintillait par la lucarne de la vie… cette lueur lancinante comme la flamme d'une bougie dédiée à une Sainte dans l'obscurité d'une chapelle, s'appelait… Hélène !

Un froid polaire s'étendait sur la forêt. Il regarda sa montre : deux heures du matin. On releva cette nuit-là à l'observatoire de Paris un record de minima : moins vingt degrés…

Hans se sourit à lui-même ; déjà, il allait mieux. Ce projet fou excitait ses neurones… Il avait retrouvé la lucidité du combattant. « Ne te laisse pas aller ! Bats-toi… » Lui disait une petite voix intérieure. O ! Certes, ce n'était pas bien ! Qu'importe ! L'important était d'échapper au désespoir, au froid qui le glaçait, à l'obscurité, à l'odeur putride de son antre… peut-être à l'envie de mourir, à la mort ! Il marcha dans la nuit comme un brave. Les feuilles mortes gelées craquaient sous ses bottes. Une bise glacée lui cinglait le visage, gelait ses joues. Il accéléra son pas. Un sang neuf, revigoré affluait à ses tempes. Il n'avait plus froid. Son corps en se réchauffant lui émettait des signaux positifs de bonheur. Cette folle envie le stimulait !

Le village était désert. Même les patrouilles de la Wehrmacht ne mettraient pas le nez dehors par cette nuit glaciale de février 1943. Il enjamba la clôture, passa par le jardin, à l'arrière de la maison et tapa trois coups longs très espacés au volet de la chambre d'Hélène. Pas de réponse… Seul le silence glacé de la nuit le narguait. Il attendit un instant et refit son signal…

Hélène dormait mal. Elle entendit les premiers frôlements de Hans dans son sommeil léger… comme dans un rêve. Elle avait souvent songé à cette possibilité sans trop y croire… Elle savait Hans trop amoureux de sa femme, et bien trop honnête pour gratter à sa fenêtre… même dans les circonstances si exceptionnelles d'un hiver rigoureux…

Quelques jours avant, Jeanine lui avait demandé si son mari pouvait venir se réfugier chez elle par les froids polaires de l'hiver, lui donnant en même temps le code du signal : trois coups longs et discrets bien espacés… Elle, dans un empressement non feint, avait accepté !

Quand Hans frappa la seconde fois, elle bondit de son lit, s'empressa d'ouvrir la porte-fenêtre, sans même passer sa robe de chambre, et vérifia :

- C'est vous Hans ?

- Oui, Hélène ! C'est bien moi !

Elle entrebâilla le lourd volet et Hans se faufila comme un félin frileux dans l'étroite ouverture. Elle referma vite afin que le froid ne pénètre pas à l'intérieur…

Un parfum agréable parvint aux narines de Hans tandis qu'une douce chaleur réchauffait déjà ses joues. Par-dessus tout, une longue dame brune aux cheveux défaits retombant largement sur ses épaules, au pâle visage que soulignaient de noirs sourcils, se tenait devant lui, nue dans une chemise de nuit à dentelles… quelque peu transparente ! Son corps parfait, du galbe de ses hanches aux petits seins ronds, se mouvait avec grâce. Elle se retourna et se jeta dans ses bras :

- Vous voilà enfin ! Mon Hans… Celui que je n'attendais plus… Mon maquisard ! Mon proscrit !

Il était hirsute, barbu et chevelu, puait l'antre, la bête fauve, la chèvre et le bouc… Cependant, elle l'embrassait partout, dressée sur le bout de ses pieds pour mieux atteindre son visage, ses joues, son front…

Hans la serrait doucement contre lui, déposant de timides baisers sur sa chevelure, ses joues, son cou, ses épaules, n'osant pas la caresser de ses mains rudes et froides aux crevasses profondes…

Dans ce contexte, ils comprirent d'un tacite et commun accord que les totems et les tabous étaient largement dépassés, que la dureté de l'hiver et de l'occupation avait brisé en mille morceaux toutes les préoccupations morales…

- Venez, vous réchauffer devant la cheminée, dit-elle, en lui ôtant sa canadienne.

Ils traversèrent la chambre à l'épaisse moquette, puis la grande salle. Elle mit deux belles bûches sur les braises endormies. Le feu crépita, irradiant tout de suite la pièce de sa douce chaleur.

- Mettez-vous à l'aise, mon cher Hans. Enlevez-moi tous ces pulls et ces bottes. Je vais vous confectionner un thé bien chaud.

Et, dans une démarche de danseuse étoile, elle disparut dans sa cuisine. Hans, assis sur un Chesterfield n'en croyait pas ses yeux. Il examinait cette salle éclairée seulement par les flammes du feu dans la cheminée… comme s'il ne l'avait jamais vue… Ainsi, il existait encore des endroits paradisiaques que la guerre et les nazis n'avaient pas encore détruits ? Darmitt savait que ce n'était que par ignorance !

Elle revint avec un plateau sur lequel étaient posées la théière, deux tasses en porcelaine finement décorées de roses et une bouteille d'un cognac hors d'âge… Elle avait revêtu une robe de chambre noire dont les reflets satinés ajoutaient comme un mystère à son corps délicat !

- Voilà qui va vous réchauffer et vous remettre d'aplomb…

Elle servit le thé avec grâce, minutieusement, en goûtant l'instant présent… comme si elle voulait suspendre le vol de cette heure précieuse… Elle l'arrosa, copieusement, de cognac. Ils burent ensemble ce breuvage, les yeux dans les yeux, se défiant l'un l'autre, comme si dans leurs regards, se posait leur sempiternelle question :

- Jusqu'où irons-nous cette nuit ? Oserons-nous braver toutes les morales du monde, tous les interdits socio-culturels ?

Cet instant magique se prolongea, puis elle dit de sa voix d'or fin :

- Hans, je vais vous faire couler un bain… bien chaud. La propreté est le premier des conforts.

Elle disparut et revint vite :

- Ce sera bientôt prêt. En attendant vous pouvez vous raser.

Elle semblait soudain vouloir accélérer le programme… La salle de bain était très grande. Les tons roses y étaient dominants et Hans apprécia la chaleur de l'endroit. Elle l'invita à se mettre torse-nu, puis lui prépara des serviettes qu'elle posa sur le bord de la baignoire.

C'est avec un plaisir non dissimulé qu'il s'exécutât. Une bonne chaleur inondait maintenant son corps, avait fait rosir ses joues. Tandis qu'il se rasait, elle vint par derrière caresser ses puissantes épaules avec douceur et application, puis son large dos. Il sentit ses mains fraiches et douces parcourir sa peau. Puis elle se tourna de profil pour caresser ses pectoraux, ses biceps…

- Comme vous êtes musclé !

- Vous le pensez vraiment ? Je l'étais beaucoup plus quand je m'entraînais pour être un parfait judoka… Parfois, je crains que cette vie de maquisard m'atrophie… Si vous saviez comme j'ai hâte de sortir du bois pour passer à l'action… Cependant, je ne me plains pas car j'arrive à me nourrir correctement. Il y en a tant qui ont faim et qui dépérissent ! Par chance, je ne suis pas de ceux-là !

- Mettez-vous tout nu maintenant… Qu'il n'y ait aucune fausse pudeur entre nous !

Il entra dans le bain chaud. Elle le savonna et le frotta en riant.

- Ce n'est pas du luxe, ce décrassage. La vie de maquisard doit être si rude…

Elle était réellement fascinée par ce corps d'homme qu'elle avait entre ses mains, qu'elle pouvait frotter ou caresser à sa guise.

Quand il se mit debout, elle découvrit avec plaisir une belle érection. Comme il s'apprêtait à la cacher avec une serviette, elle manifesta son contentement par :

- Cette belle érection m'honore ! Laissez-moi l'admirer… C'est la plus belle des œuvres d'art que j'ai pu apprécier depuis la nuit des temps !

Elle l'aida à se sécher puis conclut :

- Courez vite vous réchauffer dans mon lit, j'arrive tout-de-suite !

Quelques instants après, elle était sur le seuil… Elle entra en scène comme au théâtre à pas de loup… Elle fit voler en l'air sa chemise de nuit, éteignit la lampe et se glissa comme un reptile tout contre lui…

- Mon Hans chéri, serrez-moi fort, encore plus fort ! Que les malheurs qui nous entourent, ne retiennent pas le bonheur de cet instant merveilleux... et croquer la pomme du délice !

36

Ils se réveillèrent tard. Déjà, pendant la nouvelle étreinte du petit jour, Hans se demandait : « Après cet entracte paradisiaque, quand me faudra-t-il repartir dans ma vie glaciale de proscrit ? »

Une petite voix lui glissa à l'oreille : « Laisse-toi aller ! Ne t'en fais pas ! Profite de l'instant présent ! »

Elle l'embrassa et lui dit :

- Reposez-vous… au lit ; je vais vous préparer un petit-déjeuner.

Il fut royal, avec du vrai café, du pain grillé, du beurre et de la confiture… Tout ce dont Hans manquait dans sa forêt.

- Il faudra que je reparte bientôt. Je ne veux pas vous créer d'ennuis.

- Chez moi, vous ne risquez rien. Il vous suffit de ne pas vous montrer ! Vous n'avez qu'à paresser à l'intérieur sans sortir. Si quelqu'un sonne, vous viendrez vous réfugier dans ma chambre…

- Oui ! Je dois laisser ma mentalité de maquisard, toujours aux aguets, prêt à se cacher et à prendre la fuite…

- Détendez-vous et profitez du confort que vous offre cette maison ! C'est dimanche et, comme chaque dimanche, la veuve du Colonel met son chapeau et sa voilette et se doit d'aller à la messe de onze heures. Par ce froid glacial, je ferai une exception à la règle : je ne m'y rendrai pas.

Hélène possédait une bibliothèque assez classique. En parcourant l'ordre alphabétique, Hans s'arrêta sur Stendal. Il connaissait encore assez mal cet auteur qu'il avait lu jadis en Allemand. Il était empressé de le lire en Français. Son choix se fixa sur « La Chartreuse de Parme, » lecture qu'il jugea distrayante. Il n'avait pas de livre dans « sa » forêt et cela lui manquait beaucoup. L'obscurité de son antre ne lui permettait pas de lire d'autant qu'il aurait répugné à user du pétrole, si rare, dans la lampe qu'il utilisait couramment sur de très courte durée. Retrouver un bon livre, le dévorer mollement installé sur un divan devant un feu de cheminée par un dimanche glacial de février, étaient pour lui le nirvana…

Ce roman lui ressemblait tellement ! Il entrait dans la peau de Fabrice ; elle était en quelque sorte la Sanseverina !

Une belle surprise attendait Hans. Hélène vint à son côté. Elle avait revêtu sa belle robe noire qui la moulait si bien et la rendait d'autant plus désirable. Elle lui dit :

- Il y a bien longtemps que je me suis servi de cet instrument merveilleux.

Elle caressa son piano à queue.

- Voulez-vous que je vous joue quelques morceaux dont je me souviens encore ?

Il acquiesça. Elle s'installa sur le tabouret en prenant garde de ne pas froisser sa robe, le dos bien droit. Ses cils noirs s'abaissèrent sur la partition… et dans le silence du magnifique salon, s'éleva les sublimes notes d'une valse de Brahms. Des mains fines et agiles couraient sur le clavier. Parfois, son corps souple se penchait d'un côté pour atteindre les touches les plus éloignées. Elle interprétait à merveille cet œuvre dont tout le génie de son créateur était rendu et enchantait les oreilles de Hans… Il ferma les yeux et se trouva comme transporté dans une sorte d'irréalité, goûtant toute la transcendance de ce sublime morceau.

Elle fit une pause et lui sourit. Il ne put qu'applaudir en s'exclamant :

- Bravo ! Vous n'avez pas perdu la main !

Elle tourna la page du recueil de partitions et enchaîna pianissimo par « la lettre à Elise. » Puis, d'autres œuvres tout aussi sublimes suivirent : valses de Chopin et polonaises. Hans, allongé sur le canapé, les yeux fermés pour mieux apprécier, se revit, enfant, dans l'appartement de la Mengstrasse à Lübeck, avant les bouleversements de la grande guerre, quand sa famille était au complet avec ses parents, que les rires et les jeux de ses trois frères aînés résonnaient autour de lui. Des larmes mouillèrent ses yeux. Il avait fait tellement d'efforts pour oublier ce passé et… l'Allemagne. Il suffisait de quelques notes sur un piano pour que cette lointaine nostalgie resurgisse ! O ! Mozart ! O ! Beethoven ! O ! Brahms ! C'était sublime et douloureux à la fois… Une parenthèse de paix et d'harmonie dans un monde de haine et de folie !

La pianiste cessa de jouer… et regarda son protégé :

- Vous pleurez ? Mon Hans chéri…

- Toutes ses œuvres sont tellement émouvantes et vous les interprétées si bien. Vous savez, c'est toute une enfance heureuse qui a défilé dans mon esprit. C'était ma grand-mère maternelle qui m'initiait au piano et aux grands maîtres que sont Mozart, Beethoven, Brahms et même Wagner, si dévoyé de nos jours…

Hans s'attarda quelques jours chez la veuve du colonel. Un matin, ils entendirent une patrouille de la Wehrmacht qui passait aux pas cadencés sur la route nationale. Un officier cria un ordre et la petite troupe se dispersa la mitraillette à la main dans les rues et les ruelles de Sainte Geneviève. Hans et Hélène restèrent pétrifiés en se tenant la main derrière les rideaux du salon. Le danger et la peur les unirent. Ils se serrèrent très fort, comme si leurs vies s'entremêlaient. Leurs contacts prolongés finirent par les réconforter…

Deux heures après, le détachement de la soldatesque se rassembla et se retira.

- Je pense que je repartirai cette nuit dans ma forêt. Je ne voudrais pas que tu aies des ennuis… pour avoir hébergé un maquisard ! Avec eux, il n'y a qu'une seule sanction : la déportation et la mort !

- Comme tu veux… Je pense qu'il cherchait quelqu'un… Mais, qui ?

- Peut-être moi ! Ne sait-on jamais… Ils ont des informateurs… des sortes de grandes antennes partout !

Darmitt regagna sa forêt, ses taillis et sa tanière en pleine nuit. Il faisait moins froid. Le temps s'était adouci. Il pleuvait une petite bruine. Il savait qu'il pourrait revenir réchauffer ses os et son cœur chez sa belle Hélène un peu plus tard dans une semaine au gré des évènements… Tout ceci lui donna la force d'affronter la fin de l'hiver…

37

Hans avait repris courage. Il avait appris a posteriori le débarquement anglo-américain en Afrique du Nord le huit novembre 1942 avec comme conséquence l'envahissement de la zone sud par les nazis. La radio de Londres qu'il écoutait chez Hélène, annonça la reddition de l'armée allemande à Stalingrad en février 1943. Les forces de l'axe perdirent plus de six cent mille hommes dans cette terrible bataille. Toutes ces nouvelles confortaient Hans dans sa foi profonde que les nazis seraient vaincus.

La main d'œuvre dans les usines d'Allemagne manquait d'autant plus. Le Reich obligea Vichy à lui fournir des travailleurs. Ce fut le S.T.O. (Service du Travail Obligatoire) institué en février 1943. Tous les jeunes n'ayant pas effectué de service militaire des classes 1940, 1941 et 1942 devaient aller travailler deux ans en Allemagne !

Le printemps était revenu dans la forêt. Le climat redevenait vivable. Hans observait chaque jour son progrès avec joie : L'éclatement des bourgeons, les délicates feuilles qui se formaient et s'épanouissaient, les tapis de fleurs blanches, de pervenches ou de muguets, ou bleus… de jacinthes sauvages ; toutes apparaissaient du jour au lendemain comme par enchantement. Il entendait le babil des oiseaux qui manifestaient leur joie devant le renouveau de la nature.

Hans comme la faune et la flore, avait aussi triomphé de l'hiver !

Au beau milieu du mois de mai, il entendit des pas bouger les feuilles mortes. Il dressa l'oreille et écouta : Ils étaient plusieurs et parlaient en Français. Ils riaient de la bonne farce qu'ils avaient jouée au Maréchal !

- Voilà du renfort, se dit-il !

Il alla à leur rencontre. Quatre jeunes hommes d'une vingtaine d'années avaient décidé de ne pas aller travailler en Allemagne et de prendre le maquis. C'était des réfractaires au S.T.O. Ils avaient un frêle baluchon sur le dos pour tout bagage. Ils sympathisèrent tout de suite.

- Es-tu un résistant ? Fut leur première question.

- Je ne suis qu'un maquisard. Je me cache des autorités depuis à peu près neuf mois pour la même raison que vous. Je n'ai pas d'arme et je ne me considère pas comme un résistant.

Ils se présentèrent par leur prénom : Michel, Bernard, Paul et Jacques. Ils se connaissaient bien, étaient des copains de longue date, pour la plupart depuis l'école primaire.

L'un d'eux, Michel, dit :

- J'ai un cousin, ouvrier dans le textile à Mouy. Il essaie d'organiser un réseau de résistance F.T.P. Ce sont des communistes. Ils n'ont pas d'arme, mais disent que le moment venu, ils en auront en provenance de Londres par des parachutages…

- Je pense qu'il y a une grande différence entre survivre en se cachant… et combattre l'occupant les armes à la main ! Leur fit remarquer Hans. La vie de maquisard est difficile ! Je vis très mal cette attente passive… Il est temps d'entrer dans une résistance active !

- On ne peut pas rester les bras ballant… tandis que d'autres se battent au péril de leur vie, renchérit Michel. Toi, tu es plus âgé et tu as plus d'expérience que nous dans le maquis…

- Oui ! Si nous avons des armes et que nous décidons de nous battre, ce sera un engagement périlleux… Personnellement, j'hésite encore parce que je n'ai aucune formation militaire… Je crois comprendre que vous non plus. Mais, en effet, le moment est venu de se battre !

- Les F.T.P nous apprendrons à nous servir d'une arme… Ensuite il faudra y aller ! Tous ! Plus nous serons nombreux plus nous serons efficaces…

- Pour l'instant, apprenez la clandestinité… Apprenez le terrain, le bois, ses cachettes ! Ne dites jamais à personne, même à vos parents ou à vos amis comment vous faites pour survivre, qui vous ravitaillent, où vous vous cachez, où vous dormez, avec qui vous êtes au maquis. La gestapo impressionne les gens ; ils peuvent même recourir à la torture… De braves gens ont été déportés et même fusillés parce qu'ils avaient aidé des maquisards ! Ils iront fouiller la maison de vos parents à six heures du matin. C'est dans leurs habitudes… Apprenez à vous méfier même de vos voisins, si vous voulez rester en liberté et en vie ! Je suis avec vous. Nous nous battrons ensemble contre la pire engeance que l'humanité a produite : Les nazis. Il nous faudra beaucoup de courage et pas trop de folie…

Ils décidèrent de se réunir une fois par semaine autour du gros chêne. C'était un arbre pluri-centenaire. Trois hommes en se donnant la main arrivait à peine à l'entourer de leurs bras. Il était difficile à trouver car entouré d'épais taillis. Il ménageait sous sa feuillée un épais tapis de mousse très confortable.

De semaine en semaine, Hans sentait l'impatience de ses compagnons monter. Chacun communiquait des informations qu'il avait glanées ici et là : Le débarquement des alliés en Italie, la chute de Mussolini. L'entrée de l'Italie dans la guerre aux côtés des alliés contre l'Allemagne. Ces nouvelles confortaient le jugement des maquisards que les nazis seraient bientôt vaincus et leur redonnaient le moral… Ils en avaient besoin.

Michel était en rapport avec le maquis FTP (Francs-Tireurs et Partisans) de Cauvigny-Mouy : Une vingtaine de gars. Certains continuaient d'exercer leur profession tandis que d'autres étaient obligés de se cacher pour diverses raisons : Juifs ayant échappés aux rafles, républicains espagnols, Italiens antifascistes, réfractaires aux S.T.O, prisonniers de guerre s'étant échappés d'Allemagne, etc.

Et, pourquoi pas un Allemand, antifasciste de la première heure ?

Tous ces compagnons aux origines si diverses se regroupaient dans le but unique de combattre les nazis…

38

A la fin d'avril 1944, les maquisards de l'Oise reçurent enfin leur premier parachutage. Les armes furent réparties entre les différents maquis. Il y avait des mitraillettes Sten, des pistolets à barillets, des fusils mitrailleurs et une caisse de grenades.

Michel arriva un jour de début mai au rendez-vous du gros chêne avec un lieutenant connu sous le pseudonyme de « Piton ». Il était sorti de l'école militaire de Saint-Cyr en 1939 et était passé directement de la théorie à la pratique en participant à la drôle de guerre puis à la débâcle de l'armée devant l'ennemi en mai quarante. Il avait été cependant un des premiers à penser : « Nous avons perdu une bataille, mais nous n'avons pas perdu la guerre ! » Au premier coup d'œil, Hans reconnu l'officier avisé. Tout dans son attitude le montrait. Son allure martiale, ses cheveux coupés courts, ses traits virils. Son regard clair et vif donnait confiance dans les décisions futures qu'il pourrait prendre.

Le lieutenant « Piton » toisa les cinq maquisards. Chacun, dans un garde-à-vous improvisé, déclina son identité et les raisons pour lesquelles il était dans le maquis. Il s'intéressa surtout à Hans. La présence d'un Allemand dans le maquis l'étonnait. On sentait ses réticences.

Hans insista :

- J'ai fui l'Allemagne nazie en 1933. La gestapo voulait m'arrêter comme « sympathisant communiste. » Je suis Français maintenant par mon mariage ; ce qui n'est pas l'avis du Reich qui voulait m'enrôler dans son armée ou me faire travailler dans ses usines… Je n'ai jamais porté d'arme ; je pense que le moment est venu de libérer les peuples d'Europe du national-socialisme. Si vous m'acceptez dans vos rangs, je suis motivé pour me battre à vos côtés…

Piton réfléchit. Il posa la question aux quatre autres :

- Avez-vous confiance dans l'engagement d'un Allemand « antinazi » à nos côtés ?

Sans hésitation et presque d'une seule voix, ils répondirent :

- Oui ! Nous le connaissons bien… C'est un habitant de Sainte Geneviève très apprécié de tous !

- Alors, venez avec moi. Nous allons vous distribuer à chacun une arme. Un instructeur, ancien militaire de carrière, vous apprendra à vous en servir. Nous en sommes au stade de l'organisation et de l'encadrement. Les ordres viendront de Londres. Je vous informerai en temps utile de la tactique que nous adopterons pour attaquer et désorganiser la Wehrmacht.

Il réfléchit un instant :

- Dites… J'y pense… Au-dessus, passe la route nationale Paris-Calais. Nous allons faire un tour pour repérer le terrain.

Hans connaissait un endroit favorable. Les résistants pouvaient se cacher dans les taillis en attendant le moment opportun de l'attaque. Un dévers important, profond comme une tranchée, les protégeait d'une éventuelle riposte.

Ils s'y rendirent. « Piton » inspecta le terrain…

- Bon ! Cet endroit est idéal pour l'attaque d'un convoi de la Wehrmacht. La route est droite et nous les verrons arriver de loin. Il faudra que je mobilise une vingtaine de gars le moment venu ! Venez avec moi, je vous emmène pour la distribution des armes.

Sur la route départementale entre Cauvigny et Ully-Saint-Georges est situé le hameau de Château Rouge. Il existait à l'époque, à l'écart du village une colonie de vacances parisienne à l'abandon depuis le début de la guerre. Ce lieu servait de refuge au maquis.

Les cinq hommes accompagnés du lieutenant Piton descendirent à Château Rouge. Leur marche à travers les prairies fut facilitée par la ligne de chemin de fer désaffectée. Elle serpentait à travers les champs et les bois. Des talus et des taillis la dissimulaient souvent. Ils pénétrèrent dans la colonie de vacances par un petit bois d'agrément, situé à l'arrière. Un garde en faction prévint les autres de leur arrivée par un sifflement caractéristique.

Les maquisards sont une vingtaine. Ils sont jeunes. La plupart ont autour de vingt ans. Ils sont enthousiastes et impatients. Ils arborent leurs armes comme des trophées. On attribue à Hans une mitraillette Sten ainsi qu'à ses camarades.

Pendant les deux jours suivants, le lieutenant Dombrevalle instruit les nouveaux venus. Dans une carrière à l'abandon, chaque nouveau résistant teste son arme un court instant. Puis l'ordre est donné de se disperser, et de rester en contact.

Hans retourne dans sa tanière. Il se sent moins vulnérable. Au moins pourra-t-il se défendre s'il était interpellé au détour d'un chemin. Il est décidé. Il ne se laissera pas arrêter et se battra quitte à en mourir. Il retrouve sa cachette et se ménage une sorte d'étroite lucarne plutôt qu'un créneau dans son mur de protection. Si les SS viennent le chercher, il saura répondre, la mitraillette est prête…

Piton les a préparés : Bientôt, ils attaqueront des convois de la Wehrmacht. Dire que Hans n'a pas d'appréhensions serait faux ! Tuer froidement des soldats ennemis lui pose un problème de taille. Il les considère eux aussi comme des victimes du nazisme… Pourtant, il se sent solidaire de ses camarades résistants. Il n'a pas le droit d'hésiter car l'ennemi est plus fort, plus nombreux et mieux armé… L'efficacité de la résistance ne peut venir que de l'effet de surprise, de leur témérité et de leur solidarité. Il chasse tous les doutes qu'il éprouvait… Il se promet d'être à la hauteur de son engagement.

Quand il pense qu'il est dans un maquis F.T.P, c'est-à-dire à dominance communiste, il se sourit à lui-même. Décidemment, c'est son destin. Déjà, les rouges – les roter Frontkämpferbund ou Union des combattants du front rouge - le protégeaient des S.A quand il travaillait à Hambourg chez Hamburger Motoren. Il prenait des risques - c'était là son devoir - pour raccompagner son amie Sarah jusque chez elle. Déjà, il n'avait pas le choix pour tenir tête aux nazis… La plupart de temps le « Front rouge » était là pour le protéger, et tenait en respect les S.A… C'est un peu la même chose ici… Il n'a pas le choix ! Ses camarades sont tous de jeunes gars sympathiques et pleins d'illusions. Pour eux Staline n'est pas un dictateur ! Les pauvres ! Mais, ils ont le cœur sous la main et sont pleins de qualités. Et, c'est le moment de passer à l'action. Les discussions éthiques ou politiques sont dépassées et seront pour plus tard… Après, quand la civilisation aura gagné contre la barbarie ! L'important est de chasser les nazis du sol de France et de les vaincre définitivement.

39

L'ordre du soulèvement général de la résistance intérieure arriva de Londres. De nombreux résistants étaient déjà à l'œuvre : Sabotages des voies ferrées, celle de Creil à L'Iles-Adam en premier, la plus importante pour l'armée allemande, celle aussi entre Paris et Beauvais ; sabotages des lignes téléphoniques.

Le débarquement en Normandie a eu lieu. Nous sommes début juillet 1944.

Piton rassemble une vingtaine d'hommes. Ils s'embusquent dans le bois de Sainte Geneviève exactement à l'endroit repéré précédemment. La journée est magnifique. Ils apprécient l'ombrage des arbres au-dessus de leurs têtes. Ils ont soif et affirment que les gourdes d'eau fraîche les désaltèrent mal.

C'est l'affût : il est interdit de parler ou de fumer. Piton l'a répété : « Vous ne tirez qu'à mon commandement. » L'impatience est là. Les gars ont envie de dire des blagues. Ils n'ont pas peur parce qu'ils sont ensemble, solidaires, soudés l'un à l'autre. Comme ses camarades, Hans est là avec sa mitraillette Sten. Il va tirer sur des Allemands… Il faut malheureusement en passer par là pour libérer l'Europe des nazis. Dire qu'il n'a pas encore quelques scrupules, serait faux. Mais, il n'a pas le droit de démériter et se sent investi d'une mission supérieure : En finir avec ces diables acharnés !

Piton est au milieu de ses hommes. Il sert un fusil mitrailleur, le seul. Il a placé Hans à sa droite pour le surveiller - peut-être - ou pour le conforter dans la nécessité de son action. Il sait ses hésitations.

Ils attendent… C'est long ! Peut-être qu'il n'y aura pas de convoi allemand qui passera devant eux aujourd'hui ? Des soupirs de découragement commencent à se manifester bruyamment. Le lieutenant est obligé de les rappeler à l'ordre :

- On se calme. Et on reste concentrés à son poste de combat !

Un peu plus tard, il est obligé de répéter :

- Restez tranquilles ! Ce n'est pas difficile… quand même !

Les vrombissements tant attendus se font entendre. D'abord discrets, ils enflent pour devenir assourdissants. Piton évalue la longueur. Il y a deux énormes camions avec chacun une grande remorque. C'est vraiment impressionnant, mais ce n'est pas trop pour la puissance de tir de son bataillon !

- Vous êtes prêts ? Attendez mon ordre !

Juste quand le convoi passe devant eux, Piton crie :

- Feu !

Les rafales se succèdent. Dix-neuf mitraillettes Sten et un fusil mitrailleur constituent un feu nourri à s'en percer les tympans ! Dans un premier temps, les deux véhicules paraissent continuer leur chemin, puis soudain désorientés, vont échouer dans les fossés à gauche de la route ; des flammes s'élèvent… ils sont en feu. Les résistants les regardent effarés.

- Cessez le feu ! crie Piton.

Des explosions se succèdent de plus en fortes. Les remorques étaient bourrées de munitions !

- Protégez-vous dans le fossé, crie encore l'officier !

On n'entend plus Piton qui gesticule pour faire comprendre son ordre de retrait. Les hommes décampent vite en courant et en descendant dans le bois. Quand tout danger semble écarté, ils se regroupent :

- Mission accomplie, les gars. On se retire par petits groupes. Rendez-vous à Château Rouge…

D'après la chronique de l'époque, on retira des carcasses des véhicules calcinées, les restes de dix soldats de la Wehrmacht…

Les partisans redescendent à la colonie de vacances. Après le stress, vient la détente ! Les douze kilomètres de marche délient les langues. Ils arrivent tout joyeux à la colonie. Avec les dix résistants restés sur place, ils sont maintenant une trentaine dans l'ancien réfectoire. C'est leur première opération de cette ampleur. Ils sont presque étonnés de leur exploit. Les partisans victorieux communiquent leur allégresse à ceux qui sont restés. On ouvre des bouteilles de cidre bouché, puis une bouteille d'eau de vie de prune circule parmi les gars. Les gradés commencent à froncer les sourcils.

Hans reste assis à l'écart. Ils regardent ébahis les explosions de joie de ses camarades, leurs plaisanteries voire leurs bouffonneries. Des chants de salle de garde s'élèvent. Le refrain est repris en chœur. Hans ne peut pas se réjouir comme eux. Il a tué des hommes. Pour lui, ce n'était que de pauvres types enrôlés bien souvent de force dans la Wehrmacht, obligés d'obéir aux exigences de leurs chefs. Pour les nazis, un refus d'obéissance devant l'ennemi, vaut une peine de mort ! C'est leur logique à eux ! La vie humaine est quantité négligeable devant le projet millénaire de Grand Reich ! Quelle bêtise ! Il n'y a pas d'autre choix : Obéir ou mourir... Hans repense à toutes les misères qu'a endurées le peuple allemand depuis l'avènement d'Hitler… Ce sera bientôt fini. Eux aussi seront bientôt délivrés. Dans quel état sera l'Allemagne ? Le dernier acte se joue… Le final et le décisif sera sans doute le plus meurtrier… pense-t-il.

Piton s'aperçoit de l'isolement de Hans… Il s'approche de lui…

- Tu restes à l'écart ?

- Oui ! J'ai du mal à me mêler aux jeunes, à leur enthousiasme, à leurs jeux… Tuer ne me fait pas plaisir ! C'est comme un choc dont je me remets doucement…

Les beuveries s'amplifient. Les chefs sont obligés d'intervenir :

Le lieutenant Dombrevalle prend la parole :

- Bravo les gars, vous avez réussi une attaque. L'ennemi a été détruit et nous ne déplorons aucune perte parmi nous. Il y aura d'autres coups de main. Ce succès n'est pas une raison pour vous saouler. Ne croyez pas que la Wehrmacht ne va pas réagir dans les prochains jours…

Piton continua :

- D'abord, il est dangereux que nous restions à trente dans ces locaux. Normalement, les Boches ne savent pas que nous sommes ici. Mais, on ne sait jamais. Malgré notre discrétion, des gens du village peuvent avoir parlé. Il est de tradition que la Wehrmacht attaque les maquis à cinq heures du matin quand vous dormez sur vos deux oreilles, si en plus, vous cuvez votre cuite de la veille… Par conséquent, après de petites réjouissances raisonnables, nous allons nous disperser. Un groupe de dix viendra avec moi et nous bivouaquerons à six kilomètres d'ici dans le bois de Cavillon. Un autre groupe de dix ira dans la forêt au-dessus du vallon et enfin un dernier groupe pourra rester dans la colonie…

40

Hans reste avec le groupe du bois de Sainte Geneviève, Il est finalement commandé par Piton. Ils bivouaquent dans la forêt au-dessus de Château Rouge, prêt à prêter main forte à la colonie si elle était encerclée.

Ils dorment à la belle étoile. Nous sommes en plein été. Le camping est joyeux. Une bouteille de vieille prune circule. Le lieutenant préfère qu'ils n'allument pas de feu parce qu'ils sont trop proches du village et de la route. Les jeunes chantent des refrains à la mode. Des blagues suivies d'éclats de rire s'élèvent dans la nuit étoilée. Ils s'installent en un large cercle sur des tapis de feuilles mortes de façon à se protéger d'une éventuelle attaque, cependant très peu probable dans ce bois.

Un peu plus tard les conversations se calment. L'un d'eux dans la pénombre lance, désabusé :

- Croyez-vous que nous connaitrons des jours meilleurs ?

Cette question réveille les maquisards ! Les réponses jaillissent de l'ombre :

- Chaque jour, nous nous battons pour cette raison…

- Nous connaissons le pire… Les nazis chassés, nous ne pouvons connaître que des jours meilleurs…

- La paix revenue, nous ne pouvons qu'être heureux…

Hans intervient :

- Chacun de nous travaillera à son propre bonheur… La plupart d'entre vous trouveront l'âme sœur avec qui vous fonderez une famille… Plus tard quand vous raconterez à vos enfants et petits-enfants vos exploits de résistants, vous vous souviendrez de ces moments inoubliables, de cette belle nuit étoilée où vous campiez avec vos frères d'armes dans le bois de Château Rouge en frissonnant de froid et peut-être aussi un peu de peur… La larme à l'œil vous leur direz : « C'était le bon temps ! Cette phase de ma jeunesse révoltée où j'ai choisi d'être libre plutôt que de vivre à genoux ! » Je veux dire par là : Sachons vivre ces jours inoubliables de combat pour la liberté et la dignité ! Nous serons fiers d'avoir participé à la libération des peuples d'Europe.

Le groupe du bois de Cavillon était parti en premier. Hans serra la main des deux partisans d'origine italienne, militants antifascistes de la première heure, et comme Hans, venus se réfugier en France au milieu des années trente. Il a sympathisé avec eux. Leurs histoires analogues en ont fait de vrais amis. C'étaient des ouvriers agricoles qui se louaient dans les fermes du coin. Hans raconta souvent leur histoire : ils s'appelaient Wladimir Rigotti, alias « Roger » et Bruno Gamba, alias « Charles ».

Quelques jours après, cinq d'entre eux, au cours d'un repérage dans la forêt de Monchavert, tombent par hasard, au détour d'une allée, sur quatre soldats SS faisant une partie de chasse. Sans hésiter un seul instant, les SS ouvrent le feu. Nos cinq partisans se replient parmi les arbres, arrivent à les encercler et tuent deux d'entre eux, tandis que les deux autres s'enfuient à toutes jambes.

Quelques temps après, les francs-tireurs de ce groupe attaquent une voiture allemande sur la route entre Cavillon et Neuilly-en-Thelle. Ils tuent un officier allemand tandis que les autres réussissent à s'échapper.

La réponse des SS ne se fait guère attendre. Le vingt-cinq juillet, très tôt le matin, le bois de Cavillon est encerclé par un fort détachement SS. Les partisans se défendent bien parce qu'au cours d'une percée, cinq SS restent sur le carreau, grâce aux feux nourris des fusils mitrailleurs de « Loulou » et de « Tarzan » (Hans ne les connaissaient que sous leurs pseudonymes de résistants). Huit partisans réussissent à s'échapper tandis qu'ils déplorent la mort des patriotes antifascistes Wladimir Rigotti (alias Roger) et Bruno Gamba (alias Charles).

La gestapo exposa devant la mairie de Noailles leurs dépouilles affreusement mutilées pendant plusieurs jours…

Hans accusa le coup, versa quelques larmes, et se conforta dans l'idée de continuer à combattre en prenant comme exemple le courage de ses camarades, les réfugiés italiens antifascistes.

41

Le vingt-cinq août, Hans est du groupe de dix-huit hommes, commandés par Piton, qui s'embusquent dans un bois situé près de Cauvigny et de sa carrière de pierre.

Après une longue attente, ils aperçoivent une voiture qui gravit la côte. Il s'agit bien d'une voiture de l'ennemi. Quand elle passe devant eux, ils tirent quelques rafales de mitraillettes sur les occupants. Deux Allemands sont tués sur le coup tandis que deux autres sortent les bras en l'air. Piton décide de les faire prisonniers. L'un d'eux a une blessure assez superficielle au bras droit. On lui fait un pansement de fortune. Et on emmène les deux prisonniers à la colonie où ils sont enfermés dans une pièce isolée sous bonne garde.

Le lendemain a lieu dans le même secteur, une bataille aérienne entre un appareil de la Royal Air Force et un avion de la Luftwaffe. Pour les jeunes résistants, c'est un spectacle inouï ! Les deux avions se poursuivent, se mitraillent copieusement, coupent les gaz, reviennent en piqué, font des loopings. Des dizaines de balles perdues crépitent sur les pavés de la cour, ricochent sur les murs, fracassent les volets de la colonie. Le lieutenant Dombrevale affolé sort et crie :

- Mettez-vous à l'abri ! Vous allez vous faire tuer !

Ils obéissent à regret. Le spectacle est immense. Tous parient sur la victoire de l'avion anglais. Le suspense est à son comble. Leurs boyaux se tordent à l'idée que l'avion de la RAF puisse perdre. Soudain l'avion de la Luftwaffe perd de l'altitude. Il est touché ! Son moteur s'arrête. Il plane au-dessus de la campagne tandis que le vainqueur s'éloigne vers un autre combat.

L'avion allemand va atterrir en catastrophe dans une pâture du lieu-dit le « trésor » près de Cauvigny. Hans, avec cinq de ses camarades constituent le détachement chargé de se rendre au pas de course sur les lieux. Le pilote est indemne. Il a eu le temps de signaler sa position par radio à ses supérieurs. Quand le groupe de Hans arrive, il fume tranquillement une cigarette, assis sur un abreuvoir destiné au bétail en attendant les secours, très calme comme s'il était content de s'en tirer à si bon compte. Il se rend et se laisse désarmer facilement. Les résistants incendient l'avion et ramènent leur capture à la colonie. Il est enfermé dans une pièce attenante à celle des deux autres.

Dans la soirée, le groupe « Piton » et ses neuf hommes dont Hans, retourne bivouaquer dans le bois au-dessus de Château Rouge tandis que huit hommes et deux officiers restent à la colonie et gardent les trois prisonniers.

Dans la nuit, le pilote de la Luftwaffe profitant du sommeil de son gardien, tente de s'échapper. Le résistant s'éveille en sursaut et après avoir fait les sommations d'usage, abat le fugitif.

A six heures du matin, le dimanche vingt-sept août 1944, le groupe Piton est réveillé par des salves nourries de fusils mitrailleurs. Leur sang ne fait qu'un tour : La colonie est attaquée ! Piton rassemble ses hommes :

- C'est du sérieux ! Allons voir si nous pouvons aider nos camarades à s'exfiltrer de ce siège.

Ils descendent sans bruit et s'embusquent à l'orée du bois. Le lieutenant observe les positions de l'ennemi avec ses jumelles. Une fine brume s'élève au-dessus des marais de la rivière qui coule en contre-bas. Les tirs cessent un instant. Une nuée de corbeaux affolés en profite pour s'enfuir de cet enfer. Ils s'élèvent des aulnes où ils s'étaient dissimulés dans de longs croassements lugubres de mauvais augure. Piton examine encore le terrain. Une moue dubitative se dessine sur son visage. Sa déception est grande quand ils constatent que le village est cerné par des dizaines de SS, disposés et retranchés à quelques mètres les uns des autres :

- Non, les gars ! Il n'y a rien à faire ! C'est la troisième Panzerdivision SS Totenkopf (à tête de mort). Ils sont lourdement armés. Ce sont les pires… et ont une terrifiante renommée !

En effet, les SS mitraillent sans relâche la colonie. Toutes les fenêtres, même celles protégées par des volets, volent en éclats. Les résistants, groupés autour de leur chef, attendent sa décision définitive :

- C'est foutu, les gars… Bien foutu !

On entend un « Oh ! » unanime marquant la déception du groupe…

- Ce serait suicidaire de se jeter dans la bataille !

Piton doit faire preuve de toute son autorité pour empêcher ses hommes d'intervenir :

- Restez tranquilles ! Ils sont une centaine, bien décidés à en finir avec notre maquis… Regardez tous les véhicules stationnés sur la place du village… et bien gardés !

Piton ordonne la retraite. Les jeunes sont déçus. La plupart étaient prêt à se jeter dans la bagarre pour porter secours à leurs camarades. Ils se retirent en ronchonnant. L'un d'eux s'arrête à la moitié de la pente et exprime son dépit auprès de son lieutenant :

- Nos camarades vont tous y passer ? Et, on ne fait rien pour essayer de les sauver ?

Les autres approuvent ses propos. La grogne est générale. Ils ne peuvent pas accepter la perte prévisible de leurs meilleurs copains. Piton est obligé d'user de son autorité et de leur expliquer :

- Vous ne voyez pas que c'est perdu d'avance… Regardez combien ils sont ! Comment ils sont armés ! Vous n'entendez pas leur puissance de tir ! Vous avez envie de tous y passer ? D'être des martyrs de la libération ? Que votre nom soit gravé avec bien d'autres dans le marbre des monuments aux morts ? Moi, je me dois de préserver mes effectifs en prévision d'autres accrochages ! Quand on est sûr de perdre, le maquis n'attaque pas et se retire prudemment…

Le groupe obéit et remonte sur les hauteurs. Ils assistent terrorisés au drame qui se déroule sous leurs yeux.

Dans la colonie, les deux lieutenants comprennent vite que toute résistance sera vaine. S'ils se rendent, ils savent qu'ils seront torturés, puis fusillés. Ils ordonnent que chacun, individuellement, essaie de se tirer de ce guêpier. Chaque combattant essaie de sauver sa peau en rampant l'arme à la main dans des directions différentes. Ils utilisent les déclivités du terrain, les murets protecteurs, les haies dissimulatrices. Malheureusement, seuls les lieutenants Dombrevalle et Roland réussissent à rejoindre le maquis en se glissant sous les rafales meurtrières des fusils mitrailleurs ennemis tandis que les huit autres partisans sont tués, tous des amis à la jeunesse enthousiaste que Hans appréciait particulièrement, notamment Louis Grandpierre (18 ans), Noël Ruffier (18 ans), Raymond Lecoeuvre (18 ans), Guy Bocquet (18 ans), Germain Savary (23 ans), Jean Piraube, Emile Ogez (45 ans), Serge Ogez (19 ans). Emile était le père de Serge…

Les deux prisonniers allemands sont libérés. Ils ont eu de la chance. Le lieutenant « Roland » avait ordonné de les abattre avant de quitter les lieux. Le sergent Serge Ruffier, chargé de leurs gardes, ne les a pas exécutés par souci d'humanité et pour éviter des représailles qui auraient pu être infligées à la population.

Les SS mettent le feu aux locaux dans lesquels ils étaient détenus à l'aide de grenades incendiaires. La colonie s'embrase peu à peu. Le soir, il ne reste plus de ses vastes locaux que quelques ruines calcinées.

Hans et ses camarades assistent impuissants à l'une des pires atrocités que la cruauté des nazis a engendrée.

Les SS fouillent avec brutalité chaque maison du village et rassemblent la totalité de la population, femmes et enfants compris, sur la place. Les hommes sont alignés contre le mur de la ferme. Combien sont-ils ? Une bonne vingtaine, très certainement ! L'officier SS demande à l'ex-prisonnier blessé de sélectionner douze otages parmi eux. Celui-ci passe devant chaque homme, le dévisage le temps de deux ou trois respirations, puis le désigne ou au contraire prononce très fort : « Nein ! » Les graciés vont rejoindre le groupe de femmes et des enfants. Comment choisit-il ses victimes ? Au hasard ? Sur leur bonne mine ? Douze hommes, certains très jeunes, dix-sept et dix-huit ans, d'autres plus âgés, soixante-cinq ans pour le plus âgé, restent alignés contre le mur. Sans hésiter le moins du monde, l'officier SS commande :

- Feu !

Deux fusils mitrailleurs, d'une seule salve, massacrent les douze innocents, victimes de la folie meurtrière du nazisme… devant leurs femmes, leurs enfants atterrés et les quelques hommes restants.

Après quoi, les SS obligent les survivants à creuser une fosse commune dans la pâture située en face de la ferme, à côté de la chapelle du village où les corps des vingt martyrs de ce funeste jour, sont jetés…

Après quoi, l'officier SS rassemble ses hommes et ordonne de reformer le convoi de véhicules pour se rendre dans un autre endroit où ils pourront continuer d'exercer leurs cruautés…

Les hommes de Piton assistent de loin, le cœur serré, à ces scènes pitoyables. Ils n'en peuvent plus… Leur impuissance les enrage. Ils auraient sûrement préféré mourir en se battant pour tenter de secourir leurs camarades encerclés. Le lieutenant le sait bien. Ses hommes sont à bout ! Il leur demande de se disperser par petits groupes et d'aller se réconforter auprès de leurs proches quand c'est possible.

- Réunion autour du gros chêne dans trois jours à huit heures avec les précautions habituelles pour ceux seulement qui se sentiront d'attaque ! Il ne faut pas se laisser démoraliser ! Ce n'est qu'un revers ! Le combat continue tant que les nazis ne seront pas retournés chez eux !

42

Hans et ses quatre amis remontent vers le bois de Sainte Geneviève. Ils sont silencieux et tristes devant la perte de huit de leurs camarades. Ils sont choqués par la barbarie, la soif de vengeance et la haine de leurs ennemis qui n'hésitent pas à massacrer douze otages innocents devant les femmes et les enfants du village.

Il fait très chaud. Ils passent par la source se rafraîchir et se laver. Puis ils décident de se séparer pour se cacher ou se réfugier chez un proche en attendant d'être remis des émotions fortes qui les ont anéantis.

Hans reste ébranlé par la violence des dernières heures. Il est malgré tout content de retrouver la fraîcheur de sa tanière qu'il imagine être un refuge imprenable. Il s'étend sur la paille. Il pense à tort : « Jamais les SS ne viendront me pourchasser dans ce havre de paix ! » Une certaine confiance l'inonde… Après plusieurs nuits passées à la belle étoile, il a du sommeil en retard. Il s'endort...

Dans son sommeil, il entend des voix gutturales parler en Allemand. Il croit être dans un cauchemar. Il se secoue. Non ! Il ne rêve pas. Les voix tudesques sont bien réelles et se rapprochent de façon très inquiétante. Il perçoit ce qu'elles disent dans la langue de Goethe :

- Regarde ici ! C'est l'orifice d'une caverne !

- Où ?

- Tu ne le vois pas ? Là ! Dans les broussailles ! Ne penses-tu pas que c'est un endroit idéal pour les terroristes ?

- Tu crois ? On va le voir tout de suite ! Amène le lance-flamme !

Hans s'était mis à plat ventre. Il observait l'orifice de sa caverne par l'étroit créneau qu'il avait aménagé dans son mur de protection. Le canon de sa mitraillette était appuyé sur la pierre inférieure. Il engagea le chargeur, libéra le cran de sûreté, et le doigt sur la gâchette, se tint prêt à faire feu.

Il vit les deux silhouettes sombres se détacher dans la clarté de l'entrée et tandis qu'il appuyait sur la gâchette, le feu éblouissant du lance-flamme l'aveugla. Il ferma les yeux et sentit le souffle d'une forte chaleur malgré la protection de son mur. Il continua cependant de mitrailler à l'aveuglette. L'obscurité revint. Quelques toiles d'araignées brûlaient encore dans le tunnel. A leurs lueurs ainsi qu'à la clarté du jour extérieur, il entrevit deux hommes, dans la tenue vert-de-gris des SS, étendus parterre. Du sang, en abondance, souillait leurs uniformes. « Ils sont occis ! » pensa-t-il. Son cœur battait à se rompre. Était-ce l'émotion, la peur, une joie profonde d'être encore en vie, d'avoir mis hors de combat les pires créatures du monde ? Méfiant, il ne bougea pas. Quelle attitude adopter ?

Il réfléchit un court instant. Ces hommes n'étaient certainement pas seuls. Ils agissaient dans le cadre d'une battue afin de déloger les maquisards de ce bois stratégique enveloppant la route nationale. Dix battements de cœur plus tard, Hans prit la résolution de s'enfuir avant que le reste de la Panzerdivision ne lui tombe dessus… Il rampa vers l'autre issue. Celle-ci était dissimulée par un buisson d'épines et Hans s'égratigna les bras en s'empressant de le franchir.

Il observa la forêt, tendit l'oreille. Elle était particulièrement épaisse de ce côté-là et presque anormalement silencieuse. Par chance, il n'y avait pas l'ombre d'un SS. Il avança cependant avec précaution de buisson en buisson, sans faire de bruit. Il fut bientôt à l'orée de la forêt du côté de Sainte Geneviève et décida de se cacher là, en attendant la nuit…

Malgré l'intensité des émotions qu'il venait de vivre, il s'endormit, allongé sur le sol, sa mitraillette serrée contre sa poitrine. Quand il se réveilla, il faisait nuit, une nuit d'été étoilée et sans lune. Il se mit debout, s'ébroua en se rappelant la triste réalité de la journée, et marcha vers le village. Il cacha son arme et ses munitions dans le fossé de la route départementale et par les chemins détournés habituels, gratta à la porte de chez lui, côté jardin.

43

Jeanine lui ouvrit :

- Entre, mon Hans chéri. Te voilà enfin… Depuis combien de temps n'es-tu pas rentré ? J'avais si peur… Les gens parlent d'un abominable massacre de résistants à Château Rouge !

- Oui ! Nous étions cachés dans les bois au-dessus. Une division SS assiégeait le village. Nous avons assisté impuissants à cette barbarie sans pouvoir intervenir.

- Dans quel état es-tu ? Tes habits sont déchirés et sales… Tu sens le brûlé et la sueur !

Elle porta son regard sur son visage :

- Que t'est-il arrivé ? Tes sourcils sont roussis ? On dirait qu'ils sont brûlés.

Elle les caressa avec son index et ceux-ci tombèrent en poussière…

- Ils sont grillés… Raconte-moi !

- Oui ! Plus tard !

Ils se serrèrent très forts.

- J'ai dormi à la belle étoile à même le sol depuis une semaine. Je crois que je n'y retournerais plus ! J'ai vu le pire des massacres sans pouvoir intervenir ! J'étais déjà sidéré et hors de combat ! Si cela ne suffisait pas, en dernier, les SS ont tenté de me griller avec un lance-flamme… Je n'en peux plus ! Pour moi, la guerre est finie, je dépose les armes ! C'est trop abominable…

- Tu as raison ! Il vaut mieux que tu restes tranquille… J'ai écouté la radio. Les nouvelles sont bonnes ! Paris a été libéré ! Leclerc est arrivé avec ses chars et le général allemand Von Choltitz s'est rendu avec plus de douze mille hommes ! Tu te rends compte ? Douze mille hommes faits prisonniers… Paris est libéré ! De Gaulle est venu. Il a fait un grand discours à l'Hôtel de Ville. (Celui qui restera dans toutes les mémoires : « Paris outragé, Paris brisé, Paris martyrisé, mais… Paris libéré !) Il déchaîna les applaudissements de la foule en délire. Hier, le vingt-six, De Gaulle, Leclerc entourés des chefs de la résistance ont défilé sur les Champs-Elysées jusque Notre Dame où ils ont assisté à une messe. Nous serons aussi bientôt libérés. Les Anglais se battent dans la vallée de l'Epte, à Gisors et avancent en direction de Beauvais. Toute la journée des véhicules militaires allemands ont reflué… Ils se retirent devant l'avancée des alliés. Nous serons libérés demain ou après-demain… C'est fini, mon Hans chéri ! Tu pourras revenir chez toi et dormir tranquille dans ta maison avec ta fille et ta femme !

Hans subit un décrassage important dans la pénombre de la salle de bain. Il ne fallait pas attirer l'attention en l'éclairant. Ils entendaient des véhicules passés à travers les persiennes. Hans monta dans le grenier pour s'assurer que c'étaient les Allemands qui s'en allaient… C'était bien eux qui roulaient dans la nuit, tous feux éteints pour ne pas être repérés par la R.A.F.

- Oui ! Ils s'en vont… La peur a changé de camp… Demain nous serons libérés…

- Il est plus prudent de dormir dans la cave. Des bombardements de la route nationale sont toujours possibles.

- Ce n'est pas de l'intérêt des alliés d'endommager la route… Sait-on jamais… Quand l'armée allemande sera passée, la Luftwaffe peut bombarder pour retarder la marche victorieuse des alliés…

Ils descendirent dans la cave le petit lit en bois de leur fille avec mille précautions pour ne pas la réveiller. Puis ils installèrent leur matelas sur quelques planches comme ils l'avaient déjà fait en quarante… avec dans le cœur, l'espoir que cette fois-ci était la dernière !

Malgré l'inconfort des lieux et les craintes de bombardements encore possibles, les retrouvailles du partisan et de la postière furent magnifiques, pleines d'espoir et de projets !

- Dis, quand les nazis seront partis, quand nous serons sûrs d'être débarrassés d'eux… Nous ferons un petit frère ou une petite sœur à notre petite Claudine !

Lequel des deux a dit cette phrase importante dans cette nuit mémorable où la peur et l'espoir se mêlaient dans leurs cœurs à longs flots de tendresse ? Hans a longtemps affirmé que ce ne pouvait être qu'une voix de femme amoureuse tandis que Jeanine certifia toujours que ces mots ne pouvaient sortir que des lèvres viriles et empressées de son homme !

Toujours est-il qu'un mois après, parmi les explosions de joie, des bals et des fêtes de la libération s'ajouta un bonheur de plus pour le couple Darmitt :

- Mon Hans, mon chéri, je crois… que j'attends un heureux évènement ! lui murmura-t-elle un soir de liesse.

44

Le lendemain de leurs retrouvailles, Jeanine se réveilla la première. Elle éprouvait une étonnante impression de bonheur. Son Hans dormait à son côté. Elle ne douta pas un seul instant que ce sentiment matinal était dû à sa présence… Elle avait tellement eu peur qu'il fut du nombre des fusillés de Château Rouge !

Elle avait l'intuition qu'une ère nouvelle commençait ! Finies la guerre et la haine, place à l'amour et à la paix ! Elle ouvrit un œil. Par un interstice du soupirail occulté, elle vit s'immiscer un fin rayon de soleil… comme l'indice que le jour s'était levé, comme une invitation à avoir confiance en la vie et à son éternel renouvellement…

Elle écouta et ne perçut aucun bruit. Un silence opportun, bienvenu avait enveloppé le village. Les ronflements des véhicules automobiles, des camions, les lourds tremblements des chenillettes des engins blindés avaient disparu comme par enchantement.

Se réveillait-elle dans un village sans nazi, sans Wehrmacht ? S'étaient-ils tout simplement et comme par enchantement évaporés pendant la nuit ? Elle eut l'immédiat désir de confronter ses impressions à la réalité…

- Hans… Dis…

Il se réveilla doucement, s'étira… Ah ! Oui, il se rappela vite. Il était douillettement allongé sur un matelas dans la cave à côté de son épouse… Le repos mérité après tant d'épreuves !

- Ecoute !

- Je n'entends rien…

- Ils sont partis ? Tu crois ? Alors ça ! C'est une bonne nouvelle ! Embrassons-nous ! Est-ce que le règne de la liberté et de la justice recommence enfin ? Saurons-nous en profiter pour construire un monde de paix ?

- Attends ! Dans cette cave, on n'y voit rien ! Allons vérifier !

Ils montèrent au rez-de-chaussée, ouvrirent les persiennes… En effet, le village était silencieux. La route nationale était tranquille… Le monde autour d'eux s'était apaisé… Un voisin âgé passa sur sa bicyclette. Hans agita la main :

- Salut Alphonse !

- Salut Hans ! Je vais essayer de trouver du pain ! Tu es rentré ? La guerre n'est pas pour autant finie… Cette nuit les derniers convois de la Wehrmacht sont passés. Je les ai guettés longtemps derrière mes volets jusqu'à minuit… Ils ont débarrassé le plancher ! C'est déjà ça !

- Oui, je suis revenu… Cette fois, c'est définitif : Je reste !

Le ton était gai. Le soulagement était patent. La confiance dans les armées alliées se manifestait. On n'avait pas peur « qu'ils » reviennent !

Jeanine prépara un petit déjeuner amélioré avec des œufs frais de son poulailler. Dans sa tête, il fallait fêter le retour de Hans, le départ des envahisseurs, reconstituer les forces et le moral de son partisan à elle, bien à elle ! Il paraissait en avoir besoin… Elle voyait qu'il avait du mal à être en phase avec sa joie et son bonheur…

- Allez Hans ! Souris-moi… Oublie les jours d'avant… Projette-toi dans l'avenir…

- Je sais… Nous avons gagné ; nous les avons chassés ! C'aurait été mieux sans tous mes camarades restés sur le carreau, presque la veille de la libération… Oui, je dois encore une fois tourner la page et oublier… comme en trente-trois, j'ai oublié mes attaches, mon pays pour devenir Français... Après ces quelques semaines d'intenses batailles, je me sens de plus en plus Français… J'ai combattu les nazis, leur idéologie, pas les Allemands… aux côtés de mes camarades Français, Italiens, Espagnols… C'était difficile pour moi, tu sais ! Pauvre Allemagne… Il n'y aura plus que des morts et des ruines à cause d'une foi aveugle envers un dictateur dément et de son idéologie nationale-socialiste, théorie haineuse et cruelle qui a engendré une jeunesse fanatisée et avide de tout détruire… et de tuer de prétendus ennemis…

- Oui, Hans… Mais, regarde ta femme, ta fille, ta maison, ton jardin… Le soleil brille. L'avenir s'ouvre devant nous… radieux ! Bientôt, nous aurons un autre enfant qui te ressemblera…

- J'ai du mal à digérer… ça me reste sur l'estomac ! Dans quelques jours, tout ira mieux…

45

Jeanine reprit son travail de receveuse de la Poste. Toute son activité avait été interrompue depuis l'insurrection parisienne contre l'occupant. Il était temps de réorganiser les équipes.

Hans passa son temps dans le jardin. Il récolta des pommes de terre, remis de l'ordre ici et là. Pendant son absence, le jardin, si nécessaire à leur survie, avait été convenablement entretenu. Jeanine y avait mis tout son cœur et son courage pour arroser, entretenir, récolter, semer, prévoir.

Il entra dans le poulailler pour ramasser les œufs. Les volailles le reconnurent et caquetèrent en son honneur. Le coq chanta son plus beau cocorico. Il les récompensa de quelques poignées de grain…

Comme aux temps de leurs primes amours, ils s'étaient donné rendez-vous au café de l'Escapade à côté de la salle de bal de leur première rencontre. Ils n'étaient pas les seuls. Une foule de jeunes gens enthousiastes étaient réunis pour fêter la libération. Des jeunes filles accompagnaient les garçons. On riait. On s'embrassait. On s'enlaçait. Parmi eux, il y avait ses camarades de combat : Michel, Bernard, Paul et Jacques avec autant de filles admiratives et fières de se pendre aux cous des combattants qui avaient échappé au terrible massacre de Château Rouge…

- Alors, fini le S.T.O ! Nous n'irons plus travailler en Allemagne !

- Au fait, Hans ! Le rendez-vous du gros chêne est annulé… On se réunira ici, dans l'arrière-salle pour décider des combats à venir…

- Je serai là, demain à huit heures !

- Beauvais n'est pas encore libéré ! Des combats ont lieu à l'entrée de la ville… Il faudra qu'on aille donner un coup de main aux Anglais… suggéra Michel.

En entendant, cette conversation Jeanine blêmit… Son plaisir de prendre un apéritif avec son homme dans leur lieu mythique, était gâché. Elle écourta les réjouissances. Quand ils se furent éloignés, elle lui dit :

- Dis, Hans… Tu ne vas pas y retourner… Tu m'as bien dit que c'était fini pour toi ?

- Oui ! C'est bien fini pour moi ! Je n'y retourne plus ! Demain, je rends les armes… Ils sont tellement heureux qu'ils se laissent grisés. Devant les filles, ils plastronnent, ils se rengorgent, ils se pavanent ! Ils se sont mieux remis que moi du massacre auquel nous avons assisté, impuissants et honteux ! Ne t'en fais pas ! Je te le dis une nouvelle fois : Pour moi, c'est fini…

46

Le lendemain, Hans alla prendre son arme et ses munitions, là où il les avait cachées dans le fossé de la départementale sous les herbes et les feuilles mortes. Il les trouva rapidement.

Il choisit de traverser le village par la rue du Placeau, la mitraillette Sten à l'épaule, la ceinture de munitions autour de son cou. Il avait mis son brassard F.F.I en bonne place. Devant sa haute taille et son air martial qu'il cultiva dans cette occasion pour la première et la dernière fois, les passants ôtaient leurs chapeaux en signe de gratitude et de respect. C'était le fermier qui se rendait avec son cheval à son champ pour le déchaumer ; c'était la ménagère déjà sur la route pour essayer de trouver quelques victuailles pour nourrir sa famille ; c'étaient des ouvriers allant à vélo jusqu'à l'usine pour voir quand elle redémarrerait. Hans leur rendait leurs saluts en leur souriant comme pour leur dire :

- Oh ! Si vous saviez, je ne suis pas le héros que vous croyez !

Il arriva au café de l'Escapade. Michel, de garde devant la porte, après un accueil d'usage, lui indiqua la salle du fond. Ils étaient tous là, les rescapés des maquis de « Château Rouge » bavards, à se congratuler, vivants et contents de l'être.

Hans déposa son arme et ses munitions sur la table de billard recouverte de son tissu de protection. Il s'assit sur une chaise restée vacante au milieu de ses camarades. Le regard de Piton parcourut les visages de l'assemblée.

- Je constate que vous êtes tous là !

Il évita de demander : « Y a-t-il des absents ? » parce que les absents étaient présents dans la conscience de chacun et qu'ils leur manquaient déjà comme des êtres chers, comme des saints ou des martyrs…

Malgré tout, il y eut un brouhaha approbateur et les commentaires reprirent de plus belle. Dombrevalle et Roland vinrent s'asseoir à côté de Piton. Ils demandèrent le silence. Piton reprit la parole :

- Nous pouvons tous être fiers de notre comportement devant l'ennemi. Nous n'avons pas démérité ! Nous avons porté des coups décisifs et mis pas mal d'ennemis hors de combat… je dois le souligner, pour la plupart des SS ! Malheureusement, nous déplorons la perte de dix de nos combattants : deux à Cavillon et huit à Château Rouge, ce qui fait beaucoup et correspond à un tiers de nos effectifs….

Il cita leur nom, leur âge, leur origine, disant un mot d'amitié sur chacun… C'était pour la plupart de jeunes militants communistes ou qui se disaient tels. Il reprit :

- Nous avions en face de nous la troisième Panzerdivision SS à tête de mort, de sinistre renommée. Nous les avons vus à l'œuvre à Château Rouge. Leur haine, leur soif de sang et de vengeance ne furent pas pour autant calmés. L'après-midi de ce funeste jour, ils ont fusillé dix-sept civils à Andeville, tout près d'ici, et parmi eux, le maire de la commune, Monsieur Georges Petit. Pourquoi ? Parce qu'il a refusé de dénoncer les résistants de sa commune ! Beaucoup ici connaissaient son extrême dévouement auprès de la population et son patriotisme.

Il fit une pause devant une assemblée devenue silencieuse à l'évocation de ces barbaries. Puis il reprit :

- Le passé est le passé ! Nous devons aller de l'avant. L'ennemi se retire, mais n'est pas pour autant anéanti. Le combat continue jusqu'à la reddition sans condition de l'Allemagne nazie. Notre région est libérée ! Vous avez le droit de rendre les armes et de cesser le combat. Pour notre part, Dombrevalle, Roland et moi-même, nous partons demain nous engager dans l'armée française sous le commandement du Général Leclerc. Ils sont déjà en route avec le but de libérer Strasbourg. Y a-t-il des volontaires pour venir avec nous ?

Les partisans se regardèrent. Beaucoup avaient pris le maquis pour échapper au S.T.O. Leur foi patriotique comme le désir de libérer le pays n'étaient venus qu'après… au fil des jours. La plupart baissèrent le nez dont Hans… pas trop fier…

Trois d'entre eux relevèrent la tête :

- Oui, nous sommes volontaires ! On continue ! Nous voulons chasser les nazis hors de France…

Piton regarda Hans dans les yeux :

- Et, toi, le combattant antinazi de la première heure ?

- Non ! Moi, je reste auprès de ma femme et… de mes enfants ! Je ne suis pas fait pour la guerre ! J'en ai assez vu et assez fait…

- Je comprends tes raisons et je respecte ta décision ! Je ne pense qu'ici, personne n'aime la guerre… Il s'agit seulement de finir le travail.

47

La vie dans le village reprenait. On était soulagé. Les conversations allaient bon train, joyeuses avec une envie folle de tourner la page le plus vite possible. La guerre et l'occupation avait été subies comme un abominable joug. C'était fini parce qu'on avait confiance dans la supériorité des armées alliées. On était libres !

Hans aussi aurait aimé reprendre le travail. Il alla voir ses patrons, messieurs Magnien père et fils. Quelle déception ! Les meilleurs n'étaient pas encore rentrés… Les moyens leur manquaient. Il n'y avait aucune perspective d'un prochain redémarrage de l'usine.

S'il y avait une situation que Hans avait du mal à accepter, c'était celle-là : Une femme qui travaille et lui qui reste à la maison à garder et à jouer avec sa fille, maintenant âgée de six ans, en attendant qu'elle aille à l'école le premier octobre.

Il rencontra son ami, Daniel. Celui-ci taillait l'ivoire dans l'atelier de maître Cordier.

- Il ne veut pas reprendre. Il se considère comme trop âgé. Il m'a proposé de me céder l'atelier et son matériel. Quand les gradés des armées alliés vont venir en permission à Paris, il y aura une forte demande pour les broches, les colliers et tous les objets décoratifs en ivoire. Je me lance comme artisan indépendant ! Tu devrais le faire aussi. Qu'elle est ta partie ?

- La mienne, à l'origine, c'étaient les moteurs…

- Installe-toi comme mécano !

- Tu as raison… Je vais réfléchir !

Toute la nuit Hans pesa le pour et le contre. Le lendemain, il prit sa décision. Dans l'usine Magnien, il avait longtemps dirigé la fabrication. Il avait occupé tous les postes en remplacement d'un ouvrier absent. Il était parfaitement capable de s'installer à son compte ! Une grande pièce à droite de l'entrée dans leur maison n'avait pas été aménagée. Elle lui servirait d'atelier…

Dès lors, il retrouva sa force de caractère. Il ouvrit les volets de son futur atelier, le balaya, le dépoussiéra. Cette pièce était grande et claire. Une fenêtre donnait sur la route nationale, une autre sur le jardin. Il la vida des objets encombrants et l'examina encore. C'était le lieu idéal pour fabriquer des thermomètres.

Il parla de son projet à ses anciens collègues puis à ses anciens patrons. Tous l'encourageaient. Tous parlèrent de l'épauler en cas de difficultés.

Il alla voir le grossiste à la Porte de Montreuil à Paris. Celui-ci lui proposa toutes les fournitures d'une première commande que Hans accepta aussitôt.

Tous ses amis s'empressaient pour l'aider au mieux de leurs compétences. En quelques jours les murs et le plafond s'égayèrent d'une peinture fraîche et claire. Un ami menuisier l'aida à confectionner un grand établi qui allait d'un bout à l'autre de l'atelier. Chacun mis son savoir-faire à sa disposition. Hans se confortait en pensant : « Ils ont oublié mes origines pour ne voir en moi qu'un combattant antinazi, un Français d'adoption par son mariage et par sa participation à la résistance. J'ai aussi gagné ce combat-là, certainement le plus important pour moi ! »

Hans devint artisan indépendant en cette fin d'année 1944 tandis que l'Allemagne nazie mille fois bombardée et acculée dans ses derniers retranchements agonisait chaque jour d'avantage.

Alors que Hans se débattait dans l'installation de son futur atelier, il fut encouragé par un grand bonheur : Jeanine était maintenant sûre d'être enceinte. Elle avait un « retard » d'au moins trois mois et présentait tous les symptômes d'une grossesse…

Ce fut une explosion de joie pour le couple et la petite Claudine qui, bientôt prévenue, espéra de toute son âme avoir bientôt un petit frère.

L'année 1945 fut la plus belle année de la vie de Hans : Il y eut la prise de Berlin, le suicide d'Hitler et la reddition sans condition de l'Allemagne nazie. Seulement un mois et une semaine après, le quinze juin 1945, naissait un petit garçon potelé à souhait et plein de vie.

Ses parents l'appelèrent François. Il fit la joie de sa famille et fut, en quelque sorte, le symbole de l'ère nouvelle. Comme ses gènes moitié français, moitié germaniques, il était le prélude à une association entre l'Allemagne et la France dans une Fraternité de Paix et de Prospérité…

Cette amitié entre ses deux pays, était-elle possible ? Hans non seulement l'espérait de toute son âme, mais il en guettait chaque jour la très longue gestation !

48

Les mois et les semaines passèrent. Les gens avaient retrouvé leur soif de vivre. La vie restait dure. On aimait se donner de la peine. On avait le goût de travailler comme si le travail était une récompense. Personne ne manquait une fête, un bal, une occasion de se réjouir. On avait peut-être un peu vite oublié ceux qui s'étaient sacrifiés pour que l'immense majorité puisse vivre libre… Les malheurs étaient derrière eux et ils ne vivaient que pour un avenir de jours meilleurs !

Du matin au soir, Hans Darmitt travaillait. Il s'était spécialisé dans la fabrication de thermomètres de précision, rares, vétérinaires pour les animaux de zoo, en petite quantité, et même dans des objets décoratifs destinés à être offerts ou à servir de souvenirs.

Une certaine prospérité récompensa le labeur des époux Darmitt. Elle se manifesta peu à peu par l'équipement de la maison d'un chauffage central et de son confort électroménager. Le summum fut l'achat d'une traction quinze, la voiture de luxe du début des années cinquante. Elle facilita la livraison des fabrications de Hans à Paris et permit à la famille de découvrir la région et même de passer certains dimanches d'été sur les plages du Tréport ou du Touquet…

L'autre évènement d'importance qui changea la vie de la famille Darmitt fut l'arrivée de la télévision.

Hans en fit la surprise juste avant le Noël 1954. Certes, c'était une télé en noir et blanc qui ne diffusait qu'un seul programme, assez volumineuse parce qu'à tube cathodique. Elle représentait la modernité des années cinquante. Seuls les ménages prospères, à l'avant-garde du progrès, la possédaient. Ce furent des applaudissements répétés de la part des enfants et surtout du petit François, maintenant âgé de neuf ans. Déjà, le jeudi après-midi, il allait regarder les westerns ou les aventures de Zorro chez un ami, le fils du pharmacien. Désormais, il pouvait s'enorgueillir d'avoir la télé chez lui et inviter ses copains à la maison !

Depuis 1945, Hans, enfin débarrassé de la peste brune, vivait le bonheur et la prospérité au milieu des siens. Il s'était intégré au village. Il avait oublié ses origines à tel point qu'il refusa toujours d'apprendre l'Allemand à ses enfants pour ne parler que la langue de Molière.

Avec l'arrivée de la télévision chez lui, chaque soir à vingt heures, il regardait par cette petite lucarne le déroulement de la comédie humaine. Il restait distant et critique. Une vague peur « qu'ils » reviennent sous une autre forme, le hantait toujours.

Un petit incident le mit en alerte. Son fils, François, maintenant âgé de dix ans, lui dit un soir :

- Dis, papa, je regardais les oranges sur l'étal de l'épicier tout à l'heure à la sortie de l'école quand celui-ci est sorti de sa boutique en criant : « Dégage d'ici, toi, le fils du boche ! » Je suis parti, bien sûr. Pourquoi m'a-t-il traité de « fils de boche » ?

- Tiens ! Il y avait longtemps ! Pourtant, tu n'as pas été impoli avec ce monsieur ? Tu ne voulais pas lui chiper une orange ? C'est sûr ? Tu sais que tu en as à la maison et que tu peux en manger autant que tu veux !

- Non ! Papa ! J'ai juste regardé l'étal parce que je le trouvais appétissant !

- Quand on t'insulte que ce soit « fils de boche » ou autre chose, tu hausses les épaules et tu passes ton chemin... Boche, c'était une façon désobligeante de désigner les Allemands quand la France et l'Allemagne étaient ennemies. C'est du passé... dépassé... Il faut regarder vers l'avenir surtout quand on est jeune. Ne prends pas garde à ce genre de bassesse... Ce n'est rien ! L'épicier a dû s'emballer un peu vite !

Hans éprouva cependant un petit pincement au cœur ; tous ses efforts pour faire oublier sa germanité, seraient-ils vains ? Il oublia cependant bien vite cet incident...

49

Le treize septembre 1958, Comme tous les soirs, Hans regardait le journal de vingt heures à la télévision. Le speaker annonça l'évènement :

« Cette après-midi le Général De Gaulle, président du conseil, a reçu son homologue allemand, le chancelier Konrad Adenauer, dans sa résidence privée de Colombey-les-deux-Eglises. Le but de cette entrevue est de tisser des liens d'amitié entre les deux pays. »

De nombreux détails suivirent sur la rencontre historique de ces deux hommes.

En entendant cette nouvelle, Hans explosa de joie :

- Enfin ! La France et l'Allemagne allaient se lier d'amitié et coopérer pour une prospérité commune !

Ses enfants n'avaient jamais vu leur père aussi heureux. Peut-être autant que le huit mai 1945… qui n'était qu'une étape… Par cet évènement, on arrivait enfin au but que Hans n'avait pas osé rêver ni exprimer : L'amitié et la coopération entre ces deux pays longtemps ennemis !

- Voilà le grand jour ! Celui que j'attendais consciemment ou inconsciemment depuis longtemps ! C'est comme si un soleil radieux se levait pour la première fois sur l'Europe pour y répandre ses bienfaits. Ces deux grands pays ne seront jamais plus endeuillés par leurs hostilités séculaires. Demain soir, je vous offre l'apéritif au café de l'Escapade ! Nous mettrons une pièce dans le juke-box et nous danserons en l'honneur de l'amitié franco-allemande !

La joie de Hans était telle qu'il n'arriva pas à s'endormir ce soir-là. Il imaginait De Gaulle et Adenauer dîner ensemble avec leurs épouses, trinquer et sabler le champagne. La haine, la confrontation, la guerre et ses atrocités étaient terminés. Ils appartenaient à la malheureuse histoire de leurs deux pays. Une ère nouvelle commençait vraiment… L'ère de l'amitié et de la paix !

Toute sa vie racontée dans ce roman, se déroula devant ses yeux : D'abord son enfance heureuse à Lübeck quand la famille Darmitt était au complet avec ses trois frères, ses parents et sa grand-mère qui lui enseignait le piano, et même les étés passés sur les plages de la mer Baltique à Travemünde ! Par un fatal contraste, depuis le début de la guerre de 1914, il n'avait connu que la peur, les malheurs, les deuils, la misère et les privations dus à l'hostilité de ces deux puissances. C'était fini ! Avec l'amitié franco-allemande, sa famille et lui-même connaitraient des années de tranquillité, de bonheur et de paix…

Il s'endormit le cœur apaisé et heureux comme quand il était un petit garçon, qu'après sa prière, sa maman lui donnait un baiser sur le front pour qu'il s'endorme sans crainte…

50

Le lendemain, la famille Darmitt traversa le village en suivant la route nationale. C'était un joli soir de la fin de l'été. La circulation automobile s'était apaisée. La fermière, madame Bontemps, rentrait ses vaches. Elle pressentit quelque part leur sérénité et les salua amicalement comme si leur bonheur se communiquait en elle.

Ils s'installèrent à la terrasse de « l'Escapade » juste à la même table où Jeanine, quelques vingt années auparavant, était tombée amoureuse de Hans, simplement en le regardant… en sondant la sincérité de son regard… là, où ils avaient échangé leurs premiers baisers… Pour eux l'amitié franco-allemande avait commencé ainsi en même temps que leur Amour le quatorze juillet 1936 !

La nouvelle gérante, madame Andrieux, vint prendre leur commande. Ils choisirent chacun leur apéritif… Un jus d'ananas pour le petit François, déjà grand car âgé de treize ans. Un Kir pour Claudine qui avait fêté sa vingtième année et qui après trois années d'école normale, prendrait son premier poste d'institutrice à Laboissière justement le lendemain, quinze septembre… Elle fréquentait un interne des hôpitaux de Beauvais… On parlait déjà de mariage !

Hans et Jeanine trinquèrent avec un vin blanc d'Alsace, du Riesling… et Hans dit :

- Nous sommes enfin arrivés justement là, par où on aurait dû commencer, c'est-à-dire par l'amitié franco-allemande ! Imaginons qu'elle ait pu se constituer au début du vingtième siècle… Que de misères, que d'atrocités, que de morts, de blessés, de gazés, que de ruines auraient été évités !

Il n'en n'a rien été, et les faits sont là ! Il n'est jamais trop tard pour bien faire ! Trinquons à la sagesse et au génie de ces deux grands hommes : Konrad Adenauer et Charles De Gaulle ! Les conditions étaient certes réunies, l'histoire les y poussait ! Ils ont eu l'intelligence de la déclarer officiellement à la face du monde : L'amitié entre leurs deux pays… Ce ne peut être qu'un début ! Cette amitié s'habillera au fil du temps de coopération et d'échanges dans tous les domaines et forcément de prospérité !

Je n'ai que cinquante et un ans et j'ai maintenant la chance de connaître enfin cet aboutissement ! Je l'ai toujours souhaité… Déjà, alors que je n'étais qu'un enfant, un collégien, j'étais un Allemand francophile ; J'ai toujours apprécié la pensée, l'esprit subtil et poétique des auteurs français. J'aurais aimé naître dans le pays de la Déclaration des Droits de l'Homme… Français ! Je le suis devenu tout en gardant la nostalgie du pays d'où je viens, à la condition qu'il soit pacifique et l'ami de la France…

Je n'ai jamais compris pourquoi la jeunesse allemande s'était laissé séduire par les discours haineux d'Hitler, les sombres théories de « Mein Kampf », de la race supérieure, la soi-disant race aryenne… Certes le « parti national-socialiste des travailleurs allemands » s'est développé sur le terreau de la misère, des privations, du chômage et de l'inflation galopante. Dans ce contexte, il était simpliste de désigner des boucs-émissaires qui d'ailleurs n'étaient aucunement responsables des misères du peuple… Le soi-disant complot judéo-maçonnique ! Et, donc, d'abord les juifs… Il existait en Allemagne comme dans toute l'Europe centrale un antisémitisme de circonstance non justifié car les membres de cette communauté travaillaient, ne demandaient rien à personne et bien au contraire avaient parmi eux de grands savants, professeurs, musiciens, hommes de lettres et artistes qui contribuaient, chacun dans leur spécialité, au développement et à la prospérité de l'Allemagne… C'est dire la complète ineptie d'Hitler…

Le deuxième bouc-émissaire exploité par les nazis, fut les communistes. La révolution spartakiste de Berlin en 1918, sur fond de guerre civile en Russie, avait atterré une partie de l'opinion allemande. Hitler en se dressant comme un rempart vis à vis du bolchevisme, exploita cette peur aussi bien à l'intérieur qu'à l'extérieur, notamment auprès des Britanniques et des Américains.

Le troisième bouc-émissaire était le traité de Versailles « imposé par la France » aux dires d'Hitler et donc les Français.

Enfin, comme tous les partis totalitaires, tous les adversaires, socio-démocrates, chrétiens démocrates, modérés, et nichés parmi eux de nombreux « probables francs-maçons » étaient traités comme des ennemis. La diffamation, l'insulte, l'intimidation à leurs égards étaient la monnaie courante, l'ordinaire des discours, et, au bout du compte, au fur et à mesure que la dictature nazie s'imposait, le camp de concentration et la mort.

De plus, je ne compris jamais pourquoi la République de Weimar laissa se développer les groupes paramilitaires comme les S.A qui firent régner la terreur et eurent une grande importance pour l'accession au pouvoir d'Hitler… si ce n'est pour contrecarrer « l'union des combattants du front rouges ». Alors, pourquoi ne pas interdire en même temps ces deux groupes paramilitaires opposés ?

Ceci n'est qu'une analyse superflue et personnelle qui demande à être approfondie car il ne faudrait pas oublier les persécutions des gitans et des Roms, et l'élimination systématique des handicapés etc. c'est-à-dire l'absence complète de toute référence morale des nazis…

Méfions-nous des partis totalitaires qui exploitent la misère, désignent des bouc-émissaires quels qu'ils soient, emploient la menace, l'intimidation, l'invective, l'insulte, la diffamation pour désigner leurs adversaires politiques, distillent la haine jusqu'à instaurer la terreur vis-à-vis d'une certaine partie de la population… La faiblesse est parfois coupable devant des adversaires bien décidés à imposer leur idéologie…

Préférons toujours la modération, le dialogue, la discussion en vue d'un accord pacifique sans jamais recourir à la force sauf vis-à-vis des mouvements violents, le maintien de l'ordre étant un gage de paix…

Je ne veux pas vous embêter plus longtemps avec mon long discours… Racontez mon histoire à vos enfants et petits-enfants. Elle est éducative et édifiante… parce que ma hantise est « qu'ils » reviennent un jour sous une autre forme…

Levons nos verres à l'amitié franco-allemande… et dansons !

Du même auteur sur Amazon livres :

L'ILLUSION D'UN REVE (Roman)
CONFIDENCES ET CONFESSIONS D'UNE FEMME (Roman)
MON MOIS DE MAI 68 (Roman)
« Mon mois de mai 68 » a été traduit en Anglais par Elizabeth Workman sous le titre : MY STORY OF MAY 68.
CRIME SANS CHATIMENT (Roman)
PRISONNIER (Roman)
LES ETRANGES CRIMES DU PLATEAU DE LA VIADENE (Roman)
LA DROLE DE VIE D'ANDRE RIGAL, DIT « DEDE » (Roman)
LA VIE CACHEE DE « Dédé » (Roman)
L'APPRENTISSAGE DE STEVE (Roman)
L'ALLEMAND QUI AURAIT VOULU ETRE FRANÇAIS (Roman)
UNE HISTOIRE D'AMOUR ET D'AMITIE. SOUVENIRS D'ALGERIE. (Roman)

COMMENT RESTER EN BONNE SANTE (Précis de médecine préventive)
COMMENT BIEN S'ALIMENTER (Précis de diététique)

POEMES ET CHANSONS Tome 1

POEMES ET CHANSONS Tome 2

POEMES ET CHANSONS Tome 3

Retrouvez les poèmes et chansons de l'auteur sur YOUTUBE, AMAZON MUSIC, APPLE MUSIC, DEEZER, SPOTIFY, PANDORA, Etc.

Printed by Amazon Italia Logistica S.r.l.
Torrazza Piemonte (TO), Italy

64995589R00137